前言

权且做个说明

平成[①]九年（1997年）六月十二日，妻子住院，接受了手术。她被诊断为原发性大肠恶性肿瘤，已经无力回天。我把医生那些宣告余生的内容隐瞒起来，只跟妻子说了个大概。

七月二日她暂且出了院，之后则定期去医院做检查。

对我来说，除了努力排解妻子精神上的痛苦之外，什么都做不了。每天写个短小的故事给她看如何？我有了这个主意。

妻子一直很爱看书，我的作品她也大都看过。或许这样能让她转换心情，并且我还听说，每天都保持愉快的心情和灿烂的笑容，身体就会产生免疫力。我想有必要试一试，与妻子商量了一下，她也愿意读我写的故事。

既然要写，就不能写只有我和妻子才能明白的故事，而得往能够发表并获得好评的方向努力，在这点上我与妻子达

① 平成：日本明仁天皇的纪年年号，平成元年始于1989年1月8日。

成了共识。

如此一来，我是这么觉得，它既成了我的一项工作，对妻子来说，那种“自己的病妨碍了我的工作”的心情也能减轻几分。

就这样，病中的妻子成了这些故事的第一位读者。我对自己的写作约法三章：第一，短篇故事写着写着很可能会偷工减料，但我不想那样。因此，每篇必须写满三张四百字的稿纸（我是手写派），就算写得再长点也无妨，不过一天必须得完成一篇，所以也不可能写得太长。第二，不能写成随笔，必须是个故事。第三，不能写那些刺激病人神经、关于疾病和人的生死、探讨严肃问题、居高临下地说教，或是炫耀学识的故事。另外，本来就不拿手的恋爱故事和官场小说我也敬谢不敏了。

同时，我想把它们写成——让人看了能“哈哈”或是“呵呵”一笑，并且不论多荒唐无稽也定然能与日常生活有某种联系的故事。

要想把上述的全都做到，可得费点脑筋了，我的水平还不够到家。

第一个故事写于 1997 年 7 月 16 日。标题上的数字是作品的编号，而每篇故事末尾的数字表示的是平成的纪年。

关于事情的前因后果，新潮新书出版的《献给妻子的 1778 个故事》中写得略微详细一点。

及时说爱你，
趁还来得及

写在最后1778天的绝恋故事汇

[日]眉村卓 著
林枫◎译

廣東旅游出版社
GUANGDONG TRAVEL & TOURISM PRESS
悦读书·悦旅行·悦享人生
中国·广州

图书在版编目（CIP）数据

及时说爱你，趁还来得及：写在最后1778天的绝恋故事汇 /（日）眉村卓著；林枫译．—2版．—广州：广东旅游出版社，2015.7
ISBN 978-7-5570-0074-5

Ⅰ．①及… Ⅱ．①眉…②林… Ⅲ．①故事—作品集—日本—现代
Ⅳ．①I313.45

中国版本图书馆CIP数据核字（2015）第061240号

著作权合同登记号 图字：19-2015-039

"BOKU TO TSUMA NO 1778WA" by Taku Mayumura

Original Japanese edition published in 2010 by Shueisha Inc., Tokyo
This Simplified Chinese edition published by arrangement with Shueisha Inc., Tokyo in care of Tuttle-Mori Agency, Inc., Tokyo through Beijing GW Culture Communications Co., Ltd.

及时说爱你，趁还来得及
JISHI SHUO AINI，CHEN HAI LAIDEJI

广东旅游出版社出版发行
（广州市天河区五山路483号华南农业大学公共管理学院14号楼三楼 邮编：510642）
印刷：北京嘉业印刷厂
（地址：北京市大兴区黄村镇李村）
广东旅游出版社图书网
www.tourpress.cn
邮购地址：广州市天河区五山路483号华南农业大学（公共管理学院）14号楼三楼
联系电话：020-87347994 邮编：510642
889毫米×1194毫米 32开 7.25印张 156千字
2015年7月第2版第1次印刷
定价：32.00元

前言

权且做个说明

平成[①]九年（1997年）六月十二日，妻子住院，接受了手术。她被诊断为原发性大肠恶性肿瘤，已经无力回天。我把医生那些宣告余生的内容隐瞒起来，只跟妻子说了个大概。

七月二日她暂且出了院，之后则定期去医院做检查。

对我来说，除了努力排解妻子精神上的痛苦之外，什么都做不了。每天写个短小的故事给她看如何？我有了这个主意。

妻子一直很爱看书，我的作品她也大都看过。或许这样能让她转换心情，并且我还听说，每天都保持愉快的心情和灿烂的笑容，身体就会产生免疫力。我想有必要试一试，与妻子商量了一下，她也愿意读我写的故事。

既然要写，就不能写只有我和妻子才能明白的故事，而得往能够发表并获得好评的方向努力，在这点上我与妻子达

---

① 平成：日本明仁天皇的纪年年号，平成元年始于1989年1月8日。

成了共识。

如此一来，我是这么觉得，它既成了我的一项工作，对妻子来说，那种“自己的病妨碍了我的工作”的心情也能减轻几分。

就这样，病中的妻子成了这些故事的第一位读者。我对自己的写作约法三章：第一，短篇故事写着写着很可能会偷工减料，但我不想那样。因此，每篇必须写满三张四百字的稿纸（我是手写派），就算写得再长点也无妨，不过一天必须得完成一篇，所以也不可能写得太长。第二，不能写成随笔，必须是个故事。第三，不能写那些刺激病人神经、关于疾病和人的生死、探讨严肃问题、居高临下地说教，或是炫耀学识的故事。另外，本来就不拿手的恋爱故事和官场小说我也敬谢不敏了。

同时，我想把它们写成——让人看了能“哈哈”或是“呵呵”一笑，并且不论多荒唐无稽也定然能与日常生活有某种联系的故事。

要想把上述的全都做到，可得费点脑筋了，我的水平还不够到家。

第一个故事写于 1997 年 7 月 16 日。标题上的数字是作品的编号，而每篇故事末尾的数字表示的是平成的纪年。

关于事情的前因后果，新潮新书出版的《献给妻子的 1778 个故事》中写得略微详细一点。

目录 Contents

Contents

I

围棋

为了参加日本笔会（作者所在的一个文学组织）的理事会议，我得当天往返于大阪和东京。

和往常一样，我坐的是新干线。

归途，我想看看路上顺手买的书，便拿出了一本与围棋有关的书。要是能势如破竹地解开棋局当然很爽快，可若是碰上难题，便会让人犯困了。

反正原本就睡眠不足，我想这样也好，困了便睡上一会。

一题一题往下挑战，书上的字越来越看不清了，日头西沉，窗外渐渐变暗。我有老花眼，只靠车内的顶灯着实看不清楚。

想起头上还有阅读灯，我便打开了开关，书页浮上了一层暖黄色。

不仅如此，原本印刷出来的○和●也变得忽闪忽闪的。

我用手指揉了揉眼皮，睁开眼睛……果真是○和●在时隐时现。

我盯着那些○和●，它们交替出现、增加，一起消失又再次出现，莫非，它们演示的是正确的走法？

看来，还真是这回事。

不过这种状态下要确认它的正确性还真有点困难。

我暂时关掉阅读灯，书页便恢复了正常，随后我用记事本附带的放大镜仔细看起来。刚才○●出现的布局已经印在我脑海里了。

果然，是正确的，跟答案完全一致。

这可不得了。

我又打开阅读灯，看向下一个问题。

答案出现了。

为什么会发生这种事呢？

这阅读灯有什么魔力吗？

肯定有。

说来，只有我头顶的这盏阅读灯才有魔力吗？车内所有的阅读灯是不是都这么神奇？整个新干线的阅读灯是不是都这样呢？

不过……假如只有我头上这盏阅读灯是如此的话，要是把它带回家（当然是在交涉过的前提下），还会有魔力吗？

然而，就算它能在解答围棋的问题时使用，也基本没什么意义。因为这样根本就不能真正提高我的围棋水平。

硬要说能用，也就是在对弈的时候，或许能指示出下一步棋……

可是，要怎么安装这盏灯又成了个问题。

等我回过神来，发现打瞌睡时围棋问题集已经从手头滑落在地。

然而，阅读灯仍亮在那里。

（平成九年七月十六日）

第一篇会写到围棋，也算是顺水推舟。

很早之前，在妻子还没生病的时候，她就去围棋学校学棋。我的一句“听说下棋不会得老年痴呆症”似乎成了契机。玩这种游戏会因为人上了年纪而进步迟缓，以至于跟我这种只在学生时代偶尔为之的“三脚猫”对弈时，我还不得不让她好多个子。然而，几堂课下来，她的水平迅速提升，搞得我不得不考虑是否要去报个函授班了。

后来我听了妻子的话，也去那所学校学习。写本书的那段时间，我们养成了只要一有时间就下两盘棋的习惯。因此，我就这么把十分家常的围棋故事搬了上来，而作为一个写故事的灵感，我也必须承认它的确是再平凡不过了。

收录于《日课·每天三页以上》(私家版)

6 特别吸烟室

很早就听说这整栋大楼都禁烟，我来此演讲前也已清楚这个事实，但跟负责人聊天时，嘴里还是闲得难受。演讲前不来上一根烟，我都觉得脑袋转不过来。

“吸烟必须到外边去吧？”我说。想必外面人行道旁的公交车站附近应该会有烟灰缸。

“这个嘛，就算出去应该也没有能吸烟的地方哦，不过要是准备把烟头扔在路上就另当别论了。”负责人说。

“我是不是该放弃演讲回家吸烟比较好啊？”我赌气地说。

“不必。”负责人扫了一眼手表，回答道，“大楼里也有能吸烟的地方。时间还早，您要去那里吸一支吗？”

“不麻烦的话。”我说道。

“那请跟我来。”负责人站起身。他带我去的地方位于大厅的厕所旁。金属门上挂着“特别吸烟室”的牌子。

“这是大楼的业主为那些实在忍不住烟瘾的人建造的。我是没进去过，但据说里头非常夸张，您不介意吧？”负责人打趣地说着。

“当然。”我肯定地说道。

负责人掏出五百元硬币投进门把手下的孔里，似乎是收费的。

我一个人走了进去。

一坪[1]左右的房间里，除了门口那面墙之外，其余的墙和天花板都安装了类似换气装置的东西，基本是全面覆盖。

房间中央有把破旧的椅子，它前方立着一根圆柱，那是个大约齐腰高的烟灰缸。

我叼着烟，用打火机点上。

轰隆隆，整个房间开始了低吟，大约是换气装置感应到了打火机的火而启动了工作开关。不论是香烟的烟雾还是我吐出的烟雾都被吸了上去，让人没有任何吸烟的心情。

吸完一根烟，我把烟头扔进烟灰缸。

不知从哪里飘出了女人的声音。

“请不要将烟蒂扔在地上，请将烟蒂放入烟灰缸，喷洒装置会自动开启。”

烟灰缸里有水涌了出来，它们形成漩涡吞没了那个烟头。

“您已经吸完了吗？还要吸一支吗？”又是那个女声。听到她的声音真是让人不愉快。

“吸的。”我说着。

---

① 坪：约为 3.304 平方米。

尽管并不想吸烟，可我好歹也得摆出我的姿态。在这轰隆隆的声响中，我又点燃了一根烟。吸完，把烟头往烟灰缸里一扔。

“请不要将烟蒂扔在地上”的声音再度响起，烟灰缸像抽水马桶那样又一次将烟头卷了下去。

“您已经吸完了吗？还要吸一支吗？”女声问道。

“够了。”我回答。

这时，没有被换气装置占领的那面墙上滑出了一个洗脸台。有水龙头，有装了药品的瓶子，还有纸杯。

“请您漱口，清除口中的烟味。”声音指示道。

太愚蠢了，我打算无视她直接出去。

门打不开。

“请您漱口，清除口中的烟味。”还是那声音。

出不去也别无选择了，我把药品倒进纸杯，漱了漱口。

下个瞬间。

“清洁一下您的全身吧。”刚听到女声传来，所有的换气孔同时喷出了一股湿热的暖风。这是股带着微妙味道而又颇为猛烈的风。我不住地咳嗽起来，几乎喘不过气。

这风吹了足足有一分钟。

我走了出来。负责人正等着我。身体还摇摇晃晃的，我便跟着他走。不用说，演讲并不顺利。因为我不得不顶着满脑袋糨糊去耍嘴皮子。

（平成九年七月十二日）

我是杆老烟枪。妻子过世后很久，我常去的那家医院的医生给我看了胸部 X 光片，还警告了我一番，便就此戒了烟。究竟为何能如此爽快地戒掉，我现在想来仍然觉得不可思议。

所以在此，大家应该能感受到，我作为老烟枪对世间反应的胆怯或是破罐子破摔的心理。我想若真有这种吸烟室的话，我恐怕会吃不消吧，可现实不也正一步步地向它靠近吗？妻子是笑吟吟地看完这个故事的。

后来，我把书敬献给一位牙医时，他认真地询问起："那种装置在哪栋楼里？"

收录于《每日新话》(出版艺术社刊)、《日课·每天三页以上》

27 调查

时间虽已进入了秋季，但万里无云的晴空却昭示出夏天还远远没有过去。

下了巴士，我走上了通往百货大楼的人行天桥。包括人行道在内，那整条大路就是一座桥。天桥的右下方能看到数十条铁路，电车或直或弯，往返穿行。视野所及的一切，都散乱地反射着正午的日光。

擦肩的行人中，有个人迎面映入了我的眼帘。这么热的天，此人头戴黑软帽，身上则裹了黑套装加领带，他的视线一直朝着天，脊背挺得笔直地向我走过来。意识到这是学校里的学弟D，我不假思索地叫住了他。

“喂，你这是干吗呢？”我问道。

“啊，学长。”D停下脚步，看着我说。

“怎么回事啊，这身打扮？”我很好奇地问。

“我在做调查，为了搞研究。”他很神气地说着。

“调查？”我重复了一遍，想起D目前在哪个大学担任社会学还是什么学的讲师。

“没错！”D摘下帽子，擦了擦汗，“我就是想调查一下，以这种不合时宜的姿态走在路上，见到我的人会是什么反应。”

“……”我表示无语。

“现在人和人之间的交流不正在慢慢减弱吗？很多人对周围的事情压根儿不关心。不过，由于城市和农村、古镇和新建住宅区的地域不同，这个比率也有差异。即便关心，还存在个强弱之分，所以我才要穿成这样走一圈，实地做番调查呀。”D解释道。

“凭你这样就能明白了？”我表示疑问。

“人的反应也是各种各样的呀，有人会好奇我在干什么而特意跑过来询问，也有人绕道而行，还有人完全采取无视态度。我会把这所有的情况综合起来做个分析报告，还打算根据它出本书呢。”D说得头头是道。

“原来如此。”我没把“那活儿可够辛苦的啊”说出口，嘴上只是随声附和了一句。

“然后，我把大家的这些反应都一一记录在案，”D说着从口袋里掏出一个记事本，往上写着什么，“不过现在的调查对象是我认识的学长，是不是要把这个样本加入数据里，有必要再探讨一下。”D边记录边说着。

我没有说话，只是看着他的记录。

“那么我继续做调查了，先失陪。”D再次扣上软帽，走了。

那年冬天，透过偶尔放慢速度的电车车窗，我目击了独自走在田间小路上的D。那的确是D，运动裤加上运动背心，一副看上去就很冷的打扮，他依旧挺直腰板，双眼直视向前走着，脑袋上扎着一块鲜红的布片。

D的书要是出了，我还真想读上一读。

（平成九年八月十一日）

“认为它可能有，思考后发现不可能有”与“认为这设定不可能有，思考后却发现本质上其实有”，哪一种才更有意思呢？从这层意义来讲，本文应该是属于前者。文章一开头感觉真有那么回事，可越往后读越觉得不对劲——这么写起来倒是挺有意思。就是读者会禁不住苦笑吧。

收录于共同通信社发行的电子刊物、《日课·每天三页以上》

89 生命探测装置

博士，正在看电视。

“博士”二字不念hakushi，而是hakase[①]，他是古典派的博士。

他虽然是在看电视，但屏幕上播放的却不是电视台的节目。博士基本不怎么看电视节目。

令他看电视的原因是：电视里正在播放电影。以前的学生来拜访他时，为了给他消遣而带来几部老电影。

“虽说是荒诞无稽的科幻片，但闲得无聊的时候看看也无妨。”学生如是说。

实际上，博士很无聊。他从父母那里继承了庞大的家产，一

① hakase：日语中“博士”有两种发音，解释为“博士学位”时可以通用；而念hakase时，另有“知识渊博之人”的含义。

门心思沉浸在自己热爱的研究当中，确也干出了一番业绩。不过现在他上了年纪，引退之后每天就是看看专业书或散散步，他甚至连家人也没有。

电影对博士来说毫无趣味可言。宇宙人和飞来飞去的宇宙船、战斗、年轻男女的爱情、宇宙怪物……跟博士一点关系都没有。

然而，某个场面却让博士拍了把大腿。

在接近未知星球的宇宙飞船里，宇航员边操作机器，边大喊道："有生命反应！"

生命反应？

原来如此，有了这种探测装置，去未知世界的时候可就方便了。就算不是未知世界，至少能探测到周围是不是有猛兽存在。

做个实验试一试，博士又把搁置多时的研究捡了起来。资金多得用不完，并且一个人搞研究也是家常便饭。

经历了多次实验与修改之后，装置终于完成了。进展好像过于顺利了，因为古典派博士花钱如流水，进展当然顺利了。

博士来到宽阔的院子里，摆好装置。感应器十分敏锐，对所有生命体应该都会有反应。

他打开开关，装置立刻鸣叫起来，屏幕上全都是密密麻麻的影像。

这是什么呢？有那么多生命体吗？

不过很快博士就领悟了事情的原委——这里是院子。

院子里有虫有鸟，有树有草。一切都是生命体。因此，这装置才把所有存在的生命报告出来。

博士陷入了思考：

这只是个单纯的生命反应探测装置，所以才会这样？

说起来，那个电影里还有“确认智慧生命体存在”之类的说法。

智慧生命体，假如能测定所谓的智慧水平，只对某种程度以上的生命体才产生反应，会如何呢？

博士又投入了研究……

完成了。

就算你说这个过程顺畅得不像话也不为过，因为古典派博士就是花钱如流水的，当然顺利了。

装置也浓缩成了小型的。

博士拿着它来到了镇上，他把智慧程度设定在高水平上，将装置朝向路上的行人。

没有反应——对任何人都没反应。

博士把感应器对着自己，也没有反应。

看来是把智慧水平设得超过人类了啊，所以对人类这种智慧程度的生物才不起反应。

把设定调低看看。

装置立刻有了反应，而且不论对谁都有反应。

这世上总有高智商和低智商吧？于是博士操作装置，将水平调到中间位置。

好困难，稍微上调一点就全没反应，下调一点则全都反应。

看来，人类智慧水平的高低其实也没差太多，博士这么想。只不过，这智慧用在何处、如何利用，就决定了一个人是优秀还是无能吧！

智慧的高低的确应该是存在的，但要博士的这台装置区分出如此细微的差别，还真有点为难它了。

博士回到了家里。

如今，装置的感应器就挂在他家门前。因为调到了对任何人都反应的那一挡，有谁上门了立刻就能知道。虽说镇上到处都有卖类似的门禁系统，并且十分便宜，但这台好歹是投了那么多钱开发出来的，没有点实际用处总觉得亏了。

（平成九年十月十二日）

恶搞了一把常见的设定，略带点讽刺意味，但结局可真够蠢的。会不会出现这样的评价呢？我满心期待妻子读完之后会发表什么犀利的见解，然而她却连一点能称得上反应的反应都没有。

收录于《日课·每天三页以上》

91

避邪之鬼

曾去某寺庙买回一个避邪的鬼面具，我把它挂在了厕所的墙上。

用现代的语言来说应该叫卫生间吧，不过我家是木造结构，叫厕所更加搭调，就用厕所好了。

这鬼貌似挺厉害的。

我让它面朝屋外那块甚至称不上巷子的狭小空间。

这样，它应该能把妄图入侵的魔物赶出去。

不过所谓的魔物到底是什么东西呢？我也不知道。

眼睛看不见的吧？而假如能看见的话……

于是我想到当初家里闹老鼠，结果放置超声波驱鼠器的事情来。

现在大家都已知道，超声波是人耳听不见的高频或低频声波。驱鼠器采用的是高频部分，它会发出令老鼠浑身难受的声波。不过，老鼠很快就会适应这种声音，因此需要用两种不同的频率轮番攻击，令它们不堪忍受而逃去屋外——驱鼠器说明书上是这么写的。

然而，刚摆上驱鼠器的头一两天，老鼠反而上蹿下跳更为猖獗。甚至还跑到人眼皮底下乱啃巧克力什么的。

可那之后，它们就销声匿迹了。

老鼠们肯定抵抗过一番吧，由于无法忍耐那种煎熬，而向人类发起反击。

对避邪之鬼会不会也引起类似的效果呢？

不不，倒并不是说我家屋外那条巷子会有魔物进进出出。即便真有，至少我是没见过的。

但不可否认的是，那块称不上巷子的狭小空间总是有些怪异。比如，总有猫或黄鼠狼跑来跑去，或是那些不分白天黑夜都会从邻家传来的钢琴声，还有树叶时不时会粘在厕所的玻璃上，等等。这些对我家来说都算是异类的。

果然，是有什么不干净的东西吧？而且，如果当中有些是肉眼能看见的东西……

让避邪之鬼镇守在那儿的话，它们难道不会像老鼠一样抵抗甚至反击吗？说不定还会现出真身吧？

真想见识下。于是，我每次上厕所都会去窗边观察一番。

一对巨大的眼睛什么的，裂开的嘴唇什么的，异形宇宙人什么的，龇牙咧嘴的恶鬼什么的，跳舞的气球什么的。

我想，或许会看到这些东西。然而，什么都没能看到。

日子一天天过去……

即便魔物们抵抗过甚至反击过，但日子过得太久，它们都已放弃并且不再靠近我家了。恐怕，我再也没机会见到它们了吧。

如今，避邪之鬼仍一如既往地挂在厕所墙上瞪着窗外。

（平成九年十月十四日）

有魔物入侵家中，避邪物对它会奏效吗？你问我，我也给不出任何答案。不过作为故事素材倒是很常用。

这个避邪之鬼的面具其实是有原型的。妻子开始与病魔做斗争之初，我们俩一起去奈良县的壶阪寺[①]求来了这个鬼面具，据说很灵验。

它看上去很可怕但也很亲切，说不定这正是它在发挥威力呢，我们这么琢磨着，把它挂在了厕所的窗上。但光是这些不足以撑起一个短篇文章，最后我东拼西凑才写成了这个故事。

或许，这个鬼真的一直都在为我家驱除妄图入侵的魔物吧。十分抱歉的是，妻子过世后，我家改装了一下厕所，从而请这个服役多年的鬼面具隐退江湖了。

收录于《日课·每天三页以上》

①壶阪寺：位于日本奈良县，以防治眼病而著称的寺庙，拥有多件历史文物。

119 一号馆七楼

远行归来，我路过团地[1]门前。

大约二十年前，我还年轻的时候曾在这里住了差不多十五年。面向大路的商住两用楼是一号馆，走进去有一栋环绕着小树林和儿童乐园的中层建筑。我当时住在一号馆的七楼。

必要的时候，我会抄近路从团地里穿过，而穿出去之后我几乎不会进一号馆。那里着实令人怀念，不过在怀念的同时，还牵扯着当年艰辛而贫寒的生活记忆，这恐怕会勾起我的心酸往事。此外，已不是住户的我还在这儿探头探脑总会招致异样的眼神，这也是我不进去的原因之一。

但此刻，我却稀里糊涂地踏入团地来到了一号馆，这到底是怎么了？难道是尝遍世间百味后身心俱疲，于是希望能重温一下

①团地：以集团为单位建造的住宅区。

过去的时光吗？不过我没法乘电梯或是从中央楼梯上楼。因为，我毕竟不是这里的居民，多少有些顾虑。

于是，我先走出一号馆绕到它的后面，顺着侧边的楼梯爬了上去。

一个人也没碰见，我来到了七楼。

总不能立在原地发呆，现在的我等于一个入侵者。我只能选择穿过并列着房门的横廊，从电梯或是中央楼梯下楼。

我沿着横廊走了起来。

这二十多年间，团地变得老旧不堪。面朝中庭的水泥扶手都已伤痕累累，各家各户的房门也锈迹斑斑。

这可太过分了，居民们就没有闹过意见吗？

这时我回忆起来：几年前这里应该搞过一次大整修。路过的时候我还看到工程人员在重新粉刷外墙。

那么，眼前这些又算怎么回事？

此时，前方有扇房门打开了，走出个太太模样的女人。穿着还算是讲究，可总有种经年累月的陈旧感。

这位太太向我投来审视的目光，从上到下打量了我一番。

我只能默不作声，不知所措地低下头从她面前走过。

话说回来，这走廊上不是滚着坏掉的玩具就是摆着碎裂的花盆……真是惨不忍睹。

我来到曾经住过的房间前，可意识到自己似乎仍在身后那位太太的监视之下，我只好保持原有的速度继续往前走。

电梯间到了，电梯门上贴着写有“故障”的纸条。贴了怕有一两个月了吧？纸都已经变色了。

从中央楼梯下去吧。

然而，正下方的楼梯转角平台上，三个太太模样的女人正站着闲聊。

她们身上的服装，总有点脏脏的感觉。

她们的对话传入我的耳中。

“下次配给要到什么时候啊？”

“我们家啊，明天就没东西可吃啦，得想想办法才行！”

“不过出门采购也得赶快回来才是呀。昨天晚上，有警察在中庭被杀了吧？”

“出门的话，要是有汽油就能开车去了呢。”

“过去的事真像做梦。”

“真的是，那时候能用空调，电视也有好多个频道呢。”

“还有美食节目什么的。”

我茫然地杵在原地。

她们到底在说什么？

这究竟是怎么了？

突然，那三个人注意到了我，一起转过脸来。

“谁？”一个人嚷道。

我又迈开步子，就这么笔直穿过横廊……往与上来的那楼梯相反的方向走去。

那三个女人没有追上来。

我顺着楼梯从七楼下到六楼，再从六楼到五楼。

我渐渐放慢下楼的速度，停住了脚步。

往五楼的走廊伸了伸脑袋，空无一人的走廊同样排着一连串房门，可感觉跟楼上不同。一点也没有古旧的味道。

我穿过五楼的横廊往电梯间走，电梯门喷涂得干干净净，面朝中庭的扶手也完完整整。

我走到电梯前，似乎运转得很正常。我按下按钮，电梯来了，进去。

我脑袋里浮现出再去七楼看一眼的念头，可终究没敢去。若那里与刚才所见的毫无二致，我恐怕自己会被禁锢其中无法脱身，那可就麻烦了。于是，我按下了一楼的按钮。

我在七楼的所见所闻到底是什么呢？那难道不是在更远的未来，资源变得匮乏之后，生活变得清苦、治安变得混乱的年代吗？

虽然不知那种年代是否会到来，可我不能否认自己多少有点这样的预感。

世间，会变成那样吗？

还是说，那只不过是我预感的一种反映呢？

无论哪种，我会见识到那副光景，难道不是因为自己无缘无故造访曾经生活过的团地，而产生的一种歉疚吗？作为拒绝，团地便以此番景象来回应我，不是吗？

总之，暂时还是别进团地的一号馆比较安全吧。

（平成九年十一月十一日）

文中的团地指的是我们曾居住过的阪南团地。双职工时期，我和妻子住在东住吉区的公司宿舍里，由于我忙于写小说打算辞职，而这样必须尽快从宿舍搬出去，因此我们便开始找新居。公团住宅[①]的抽签总是落选，愁眉不展之时，我们得知了新的阪南团地开建的消息。

这团地就在我和妻子老家的中间，往哪边都是徒步即可。并且成为团地之前，那里曾是旧制大阪高中和伴随学制改革的新制大学的教养部旧址（分为南北两校时的南校）……我曾在那里念过一年书。

真令人怀念，我无论如何都想住进去。

十分幸运的是，我被选上了。运气真是太好了，当然房租也比之前的高了不少，差了两位数。

搬到阪南团地之后，女儿出生了。对她来说那儿就是生她养她的地方。

我也写了许多以此为舞台的故事。住了十三年后，我们搬来了现在的家。

这篇故事里的团地已变得残破不堪，但写它的时候并非如此。的确有点陈旧，可仍然有着它独到的风味，要拆掉还是为时过早了。

本文里，团地之中不知为何像是过了许多年，世道也变得十分窘迫——我只是为它做了如此一番设定而已。

---

①公团住宅：日本有住宅和城市建设公团建造的新村等公共住宅，大致分为租赁住宅和按户出售住宅两种。

最后，让我做个收尾，离我家并不算远的阪南团地由于老旧需要重建，其实新团地已经在建设了。听说有一部分完全变了个样，原来的小树林和游乐园也消失了。

我们曾住过的那栋面朝主路的一号馆被围栏圈住，即将逐步拆除。在化为文中所说的那个破落样之前，变成现在这状况到底是该庆幸还是该惋惜呢……很早就从里面搬出来的我怕是没那资格再说三道四了吧。

收录于《每日新话·第2集》《日课·每天三页以上》

127 小小机器人

这故事随便听听也无妨，反正我说的都是虚构的。你要是这么想，那就正好。

前几天，我去某个学长家里拜访。他在某厂商的研究所里担任超精密仪器部门的负责人。学长曾提出过许多创意，举出其中一两个商品名，或许也是你耳熟能详的吧。

不过，这些先暂且不提……到退休年龄时学长获得了不少专利，他用这些钱作为资本建立了一个小研究所，搞点自己喜欢的研究。

说到这里，你或许会说：“这就是科幻故事里经常出现的疯狂科学家啊！那也太老套了吧！”

老套就老套吧。我会去他那里是因为要到附近办事，便想着跟学长较量几局。

大学时代我们都属于柔道部。在学校或集训的时候经常下围棋，算是实力相当的对手。毕业之后我们也偶尔会杀两盘，直到现在都没断过。

以前他就跟我说：“中午我会有段休息时间，有空的话就过来受死。”于是，打电话通知了一声，我便过来了。

我被带到了工作区旁边的房间里，往桌上摆棋盘和棋子的时候，工作区的电话响了。

学长接电话去了……好长时间。

百无聊赖的我站起来四处打量着整个房间：矮柜上摆着一个厚玻璃容器，里面又排列着一个个玻璃盒，装着一只只小型机械状的东西。它们大约有五平方毫米，带着类似触手或是车轮的部件。

看上去很好玩，我便悄悄打开了盖子，每个玻璃盒又分别盖着透明的盖子。

此时我的手滑了一下。

玻璃容器歪倒在柜子上，一半以上的盖子都散落开来。而这时，那些小家伙纷纷从缺了盖子的玻璃盒里冲了出来。它们就好像打开了笼子的虫子一般，四下逃窜。

学长这时打完电话回来了。

“啊，看你干的好事！笨蛋！”学长怒吼起来，“快抓住它们！不然天知道它们会逃到哪里去。”

于是，我们手忙脚乱地扑向那些出逃的小机器人。它们的速度出人意料的快，学长抓住一只小机器人就塞进玻璃盒，盖上盖子。

但是，还是少了三只。

我们又找了一遍，仍然未果。

“没辙了，过些日子就会找到的吧。在它增多之前抓到就行了，回头再想想怎么抓。”学长说道。

“刚才那是什么啊？”我问。

“只是种超小型机器人罢了。它要是找到了合适的材料，就会自行切割拼装加工成和自己一样的东西，是种会自我复制的机器人。”学长说明道。

你笑了吧？就是这回事。

光是这种动作迅速的超小型机器人，现在都没那个技术能造得出来——这可是常识吧。况且它还会就近找材料自我加工繁殖，这就是不折不扣的科幻啊！

“真的？”我问。

“我就是做做看。当然，因为是试验品，我还没测试过它的性能到底能发挥到什么程度。”这就是学长的回答。

“为什么要做这样的东西呢？”我继续问。

“为什么……因为好玩儿啊！还能有什么别的理由吗？”学长回答。

“难道不是别人委托你做的吗？”我又问。

“蠢货，我只会做自己想做的东西。要想把它派什么用场的话，那让别人去考虑好了。”学长有些生气地说。

“……”

“来，下棋吧。你比以前厉害点没有？”学长一边打开棋罐的盖子，一边说。

我便也专注于下棋这件事了。

回家后的第二天，我坐在书桌前，有什么东西从眼前飞快地溜了过去。

小小的机器人，是它！怎么会在我家出现？是跑进了我的衣服口袋跟着我一起回来了？

一瞬间，我有点出神，因而错过了抓住它的时机。这小家伙从书桌旁边嗖地落了下去，很快消失得无影无踪。下次再见到它一定要抓住，还给学长。

可是，从那以后过了两三天，我发现睡觉时放在桌上的手表坏了，像是被谁给拆了。我不解地拿去修理，却被告知里面大部分零件都缺失了。

后来的一天，我在书架下看到了那个小机器人，而且有两只，它们一起跑到另一个书架下躲了起来。我想，似乎是增加了，而且，好像是自己找来材料复制了一个。

不久以后，我的闹钟后盖被开了个洞，里面拆得七零八落。

下一个遭殃的是照相机。

并且，小机器人还在不断增加。猛一抬头，会看到这里有两只在跑，那里还跑着三只……

这事可真伤脑筋。

弄坏的手表和照相机损失很大，而且一想到有这种东西在家里跑来跑去，心情就更好不起来。

我给学长打了电话，描述了情况，求他赶紧想想办法。

学长说："它们果然粘着去你家了啊！我家也是，逃跑的家伙越变越多，不过用强磁力线扫射过后总算是太平了。停下来了，不管它们在哪儿都不会造成损害了。"

“那个扫射机什么的东西能借我用用吗？”我问学长。

“真抱歉，那是个大家伙，况且家用电源也吃不消。回头等我造出那种家用电源也能负担的小型装置再借你吧。要花一年还是两年得取决于设计，这段时间会很忙了。”学长回答。

“怎么能这样……”我有些无奈。

“你也不用太担心啦！它们的内部能源只够用一年的时间。你一年以后就不会再遭罪了。”学长很肯定地说着。

这就是结论——根本就是无计可施。

现在，我完全不知道家里究竟有多少这种小小机器人。我经常会撞见它们。啊，说着就从那里跑过去一只！你能想象到吧！

因此，我把那些担心会遭殃的物品统统装进了玻璃瓶或玻璃容器里。因为我想起这些小小机器人最初就是被收在玻璃盒里的。只要是玻璃，它们似乎就束手无策了。学长也说，这么做没错。

所以，回家时还是好好检查一下衣服比较好。你也不知它们会粘在哪里跟你回来。出了事再来嚷嚷，我可是救不了你的。

就这样吧。

若你当它是个虚构的故事来听，也无妨。

（平成九年十一月十九日）

不论什么东西，只要把它的特性或是缺陷往极端角度去考虑，基本上都能构成创作灵感，至少，我是这么认为的。本文也是如此的产物。只不过，为了有点真实感，我把学生时代的事儿搬出来说了。长我一届的柔道部学长是理学部的，去他家附近办事时我会顺道造访，再下两盘棋。

写完之后我才意识到，真要有这回事的确会让人伤透脑筋吧。不就等于家里的虫子在一个劲儿地繁殖吗？它们要是把家里的机器分解组装起来，感觉就像衣服上爬满了跳蚤一样恶心吧。但是，作为故事来说倒并不坏……

妻子读后，“啊哈哈……”地笑了。大概是觉得小小机器人很可爱。这或许是我与妻子对机器人这种东西的感觉有所差异而致吧。

妻子过世后，我把这篇故事当作大学里创作练习的例文来用。小小机器人在几个短篇里人气最高。常听见学生大呼“卡哇伊……”。不过也有两三个男学生对于“我”为何要特地去学长家下棋这件事感到不解。他们认为“完全没有真实感”。

若是时代与立场不同的话，貌似就会出现这样的状况。

收录于《每日新话》《日课·每天三页以上》

154 校对

我开始写连载小说……

难产中。

电话响了。

催稿的吗？

拎起话筒，原来是十天前来采访我的那个制作公司的经营者。

那是一篇将登在某广告杂志上的采访。

对此我并没有特别上心，只是过去与那里的经营者打照面时，答应他随时都可以接受采访，而现在对方翻出了旧账，我也无法拒绝了。

来采访的记者是个三十多岁的女人。一开头，她就问我："您一直以来都写些什么样的作品？"

你能不能事先做点功课啊？我强忍住说这句话的冲动，老实地回答了她一个又一个问题……

她似乎是个囫囵吞枣的人，我不得不屡屡纠正她听错的内容。另外，她也不怎么会摆弄那台从公司带来的照相机，我还给了她不少指导。为了以防万一，我甚至从手边找了一张自己的照片给她。

“这篇采访稿的校样您过目了没有？是不是按照校样就行了？”对方问。

这么说，他们是传真来过的，可我太忙了一直都没来得及看。

“这件事很急吗？”我问道。

“非常抱歉，可能的话请在今天之内……不然的话明天中午之前也行。”对方说。

光是明天截稿的连载小说就够我受的了。

“后天不行吗？”我问。可对方仍很坚持。

没办法了，那就大略地过一遍好了。没问题的话答复一声“OK”便行。

告诉了对方这个想法，我挂上电话。

刚瞄了第一眼，我就发现了错误：出生年份不对，毕业的学校和学部也不对。

好吧，如果只是这类问题，改正完也就罢了，可自相矛盾或意义不明的地方多得简直离谱。

有个地方，前面说因为我不擅长体育所以一直不搞运动，后面却笔锋一转，说我大学时曾以运动员身份参赛。

一边说我虽然喜欢电车但最近没什么机会乘坐，一边把这与我每月两次乘坐新干线的事放在一起，中间居然没有任何注释。

之前说我认为专注于一件事十分重要，后半部分却说我同时进行许多工作，拓宽了人生道路。

采访时我提到了学校里的恩师，这里却写我和某某同学十分要好。

我说的是自己与编辑论战，但文中却变成了我把对方揍翻。

对于我喜欢的电视明星，出现的名字却是我钟爱的历史书作家。

我曾说，若是能保障安全我想去月球或火星看看，对方却写成我希望坐宇宙飞船去银河的尽头。

我明明说的是用长途步行来解除运动不足的困扰，到了文中却成了去健身房。

假如所有的所有都是假话也就算了（当然这也会让人很头疼），讨厌的就在于里面多少还夹杂了一些真话……不逐字逐句改一遍是绝对过不了关的。

我抄起了听筒。

对方十分惶恐，说麻烦我如此加几个字减几个字吧，还给出了精确到几个字的意见。

照这么个改法，一两个小时也改不完。

忍无可忍了，我说那我自己来写。

对方不情不愿地表示："就算请您写，我们的预算也只够支付给您采访费用而已。"

我只好回答说："免费给你们写，不收钱。"

然后我开始动笔。

花了整整一天。

时间不够用，稿子又逼得紧，我不得已赶了个通宵把连载小说写完，发传真过去，刚想躺下睡觉，又有电话来了。

又是那个制作公司的经营者。

他说："之前劳烦您实在是万分抱歉，那本广告杂志由于客户的缘故决定延期发行了，目前暂定明年春天发行。

"负责人支付给您的采访费不必退还了，杂志总有一天会出版的。不过，因为发行时间有变，可能还需要一些小小的修改。到时负责人会再去府上拜访一趟，请帮忙补充一下内容。这个嘛，也算是继续之前的修改，想拜托您能行个方便。

"为了不再出现之前那样的返工现象，负责人铆足了劲儿，麻烦您到时给点照顾。百忙之中向您提了这么多请求，不过这也算我们的缘分吧……"

（平成九年十二月十六日）

这是每个作家或多或少都会有过的经历吧，我写得夸张了一点。实际上，有时接受采访后，读一读对方发来的校样，很少有不让我叹气的。

社会上有很多人喜欢把自己认定的事情当作真相。不过，这故事也是往能怎么夸张就怎么夸张的方向写的。因为必须搞得很"虚构"才行。当然也算不上科幻就是了。

妻子读它时，仿佛在苦笑。

收录于《日课·每天三页以上》

162

缺德大名

全体在大堂集合，到这家酒店的餐厅边吃边谈——我接到了如此的安排。

这天我碰巧去附近办事，事情很快就办完了，那边也找不到个可以打发时间的地方，于是我决定先到酒店的大堂里喝杯咖啡。

距离集合的时间还有三十分钟。谁都没来，点了咖啡，瞥了一眼大堂，一个认识的人都没瞧见。无奈，我决定看看电视。

在播历史剧，我对电视剧或是演员明星什么的毫无兴趣，剧情也是从中段才看起的。然而看着看着，我突然眼睛发亮，专心地看起来。

电视剧的主角是个公认的缺德大名[1]，但剧中他却被塑造成

①大名：日本江户时代直接供职于将军，俸禄在一万石以上的领主。

了一个推进工业振兴的开明贤人。历史上，这位大名受到世间的批判，被头脑太过理想化的年轻大名夺去了权势，而剧中他则是个坚守自己的信念，苦战多年的人。

对于他一直被压倒性的负面论调评价为缺德政治家这件事，我从过去就抱有疑问，所以看到剧中的处理，我不禁连连点头称是。

这时，有一个成员进了大堂，说："在干吗？"

打过招呼之后，这人瞄了一眼电视耸耸肩，说："啊，历史剧啊。我倒是不怎么喜欢这种电视剧。"

又来了两三个人。大家对电视剧都没表示出多少兴趣。

"这片子还挺有看头的呢。"我跟大家讲了讲这电视剧的历史背景和对当时这位政治家的评价，可是没人在听。

人都到齐后，大家一起去了餐厅。电视剧还没结束，可我只能忍痛离开了。边吃边聊的时候，我又把刚才那电视剧拿出来简单说了两句，但各位的反应近乎为零。

他们对这种事没兴趣也不关心。尽管我也预想到了大家或许就是这种反应，可实际看到还是挺泄气的。

回家后，我在报纸的节目栏里寻找了那部电视剧，想知道它的片名到底是什么。尽管重播的可能性很渺茫，我还是先记录下来再说。

那天夜里，我做了个梦：我成了一名武士，在公认的那位缺德大名面前行叩首礼。

"抬起头来吧。"

听见大名这么说，我抬起头。

大名开口道："后世对吾评价不佳，吾十分知晓，然而汝于酒店提到吾之为人，并为吾辩护，吾深表感激。"

"不胜惶恐。"我再次叩首。

醒来之后过了很久，这梦的感觉仍然保留在脑中，所以今天我的心情才这么好。难道，我是个白痴吗？

（平成九年十二月二十四日）

看完故事的各位肯定很快就明白了吧，我是以田沼意次[①]为原型写的。对于这个人，有两种截然相反的评价，一说他是收受贿赂的缺德政治家，一说他是个开明的政治家。反正，后世人多是以自己的基准做判断吧，而大部分人对这件事本身是毫不关心的。

怀着这个心情，我强词夺理地写出了这个短篇。因为并非想一本正经地来评价田沼意次，所以也没出现他的名字。

不过，能做那种梦，想必心情肯定很不错。我真是个白痴。

收录于《日课·每天三页以上》

①田沼意次：日本江户中期幕府重臣，任将军德川家重、家治的近侍重臣。后与意知同揽政权，出现过贿赂横行的田沼时代。

174

书库的书

年末。

男人打算把书房里堆得一摞摞老高的书运去书库。每次总想着得赶紧搬，但想着想着书就越积越多，甚至连路都被堵住了。总之，先把书库里那台搬运用的手推车推回家。

男人拿上钥匙，向书库走去。那里离家大约六十步的距离，原本是大杂院的其中一间，由于空着没人住，房东就把内部改造成了车库，而男人借了来当作书库。

把卷帘门嘎啦嘎啦地推上去，男人打开灯。满眼都是摩肩接踵的书和书架。书架已经大多排满，之后搬进来的书只能捆起来或是塞进袋子就这么堆在地板上。书架上的都没好好整理过，就已经这副光景了。他打算到时候把所有书都做个分类整理，可这到底是什么时候呢，男人也不知道。

他推起手推车回到家里，原本想把书房里的书分门别类捆扎起来，可从数量上看，这么干得用三四天的时间。没办法，男人找出以前积攒的大纸袋，开始往里装书。袋子装满了十几个，重得单手肯定拎不动。光是这样就已经花了很长时间。

总而言之，把书房的空间腾出来是首要的，尽管他是这么想也是这么干的，但都装进袋子后，男人又不安起来。就把它们这么原封不动地扔进书库，今后再想读可就很困难了吧。不仅如此，要是不知道它们是什么时候放进书库的，今后要找更是难上加难。

最终，男人只得把袋中那些书的书名和当天的日期写在纸片上贴在袋子表面，还在袋子上编了号。

终于开始搬书了，他放了两包到手推车上（再放就要影响平稳，从车上掉下来了）。嘎啦嘎啦地推去书库。

把关着的卷帘门提上去，将这两袋子放到之前确定的地方，回去时推着空车。

嘎啦嘎啦，装两袋去书库。

嘎啦嘎啦，放下袋子回家。

嘎啦嘎啦，来来回回几趟，男人已筋疲力尽。

为什么非得干这种活儿不可呢？他感到一阵空虚。最根本的原因就是自己存了太多太多的书。针对自己有用的书，连现在的一半，不，两成都不到吧！该处理掉的东西就该尽早处理掉。嘎啦嘎啦……

干脆把没用的书都想办法处理掉怎么样？可是，什么叫有用、什么叫没用，也没那么容易区分啊。嘎啦嘎啦……

于是，这是最后一趟了。把袋子放下，男人累趴了。可能还会有人嘲笑他，为什么要存那么多书吧！

他抬起头，总觉得有点不对劲。

书库里白茫茫一片，下一个瞬间，男人悟出了其中的原因。书架上那些书的书脊全都变成了白纸。不仅是书架上，堆着的那些书的书脊，还有封面，也都成了白纸。

这本呢？男人从书架上抽出一本：封面雪白一片，翻开封面，里面的文字好好的。内容和之前没两样。旁边那本书也是如此，没有错。

书库里所有的书，不论封面还是书脊全都刷上了一层白色。内容虽然一字不差，可单从外表看起来根本分不清哪本是哪本。

男人呆呆地站在原地。这到底是怎么一回事？为什么会变成这样？书太多了，大半都是没用的，是因为我产生了这个念头的缘故吗？于是书本们就展开了复仇吗？男人这样想着……

那么，对自己有用的书们应该保持原貌才对。等一下，书籍之间肯定有着同伴意识。或许它们会想：我们都是书，不想被人彼此区分，所以大家一起变成了光凭外表就无法识别的白纸。

白色封面的海洋。男人呆坐在角落里的椅子上。怎么办好呢？但是，怎么着都没辙不是吗？这样的话，就只能考虑接下来该怎么应对了吧。等到了明年再仔细地想一想。男人死心了一般站了起来。慢吞吞挪到卷帘门旁边，关灯前他想最后看一眼。

复原了。

所有的书，书脊也好封面也罢，全都复原了。这时男人听到耳边传来一阵哄笑。是错觉吗？不，他确实听到了，是书本们的嘲笑声。

男人知道了，全懂了。他关上灯，拉下卷帘门，离开了书库。

（平成十年一月五日）

作为故事来说，这篇文章真的很单纯。为了写满三页以上的稿纸，东拉西扯地堆了好多无聊的内容——即便有人这么批评，我也只能说“实在抱歉”，低头认错吧。

但实际上，这东拉西扯的内容的确就是当时的真实状况。不，尽管现在的情况略有不同，但本质来说还是相似的。那就是：这么多书该怎么办。它们都是些什么书，怎么区分，哪些该留哪些该丢，面对这些问题，我还是决定放弃。

我只不过想到，写这篇故事的时候，电子书籍还没有现在这么普及。先暂且不论“即将出版的书籍”，那些“已经变成纸的书籍”该怎么办才好呢？情况会越变越糟吧。虽然这与亡妻已是毫无关系了。

收录于《日课·每天三页以上》

198

偶然的面孔

最近，男人每天都过得颇不愉快。

前几天，揭发出了某国家机关与银行之间的重大行贿受贿案件，当事人都被逮捕了。媒体上接连几天做了报道，可偶然的是，被捕的官员那张一看就是坏种的脸，竟然与这个男人十分相似。当然和真人对比一下大概就可以区分了，但光看电视上出现的那张脸，真的可以说 99% 的相像。

因此，过去就认识他的人，见了面就要嘲弄他两句；而初次见面的人，则会露出“咦？”的表情。每当这时，男人都必须苦笑着做番解释。

但是，能给他辩解机会的话倒也算了。麻烦的是，在路上或电车里，不少人看到他眼睛就睁得老大。由于被捕官员的罪行恶劣，也可能是因为媒体半开玩笑的报道所致，上镜率太高，结果好多人都记住了这张脸。有些小姐妹们还会边偷瞄他，边窃窃私语轻声嗤笑。

这时他只好自我安慰道：等这阵风头过去，大家就会淡忘了吧，这段时间我只能忍耐再忍耐了。

男人走在午后的人行道上，看到他那张脸而面露反应的人并不是少数，不过他努力维持面无表情，继续走着。迎面过来一个人，年纪与他相近，眼睛望着天，毫无表情地走了过来。看了看他的脸。男人一下子惊呆了。

那不就是——没错。不就是那个被通缉的杀人狂吗!？大街小巷都贴满了他的通缉令，不知不觉就映到了脑子里。

然而，下个瞬间，男人想起来了。记得前天的新闻里报道，那个罪犯已经被逮捕了。

这么说来，面前这人不是罪犯。最近也没传出越狱的消息，罪犯应该还在警察的控制之下吧，那正在接近的这个人只不过是长得很像罪犯罢了。

男人注视着对方的视线此刻与他合上了。对方一瞬流露出“咦？”的神色，不过他很快就撤掉了表情，俩人就这么擦肩而过了。

然而，迈出五六步之后，男人还是停住脚步，忍不住回头去看。而对方也停住脚，转身看着他。男人发现对方的脸上浮起一丝苦笑，自己的脸上肯定也是相同的表情吧。之后男人再次转身，一边拼命地忍住即将爆发出来的大笑，一边迈出了脚步。

（平成十年一月二十九日）

小说里反复使用“偶然”可谓是禁忌。用得越多，故事就越像吹牛。其实现实生活中也充满偶然，总让人觉得太不可信，虽然人人都能理解，但它与小说中的偶然又是两码事。

反过来想一想，就拿“偶然”来说事儿又如何？就让它看起来像吹牛又如何？真想这么做的话，往往朴素的手法比天花乱坠更见效不是吗？我就依此写了这么个故事。

妻子看完几乎没什么反应，大概是因为感到“啊，又搞这种把戏”而倍感扫兴吧。

收录于共同通信社发行的电子刊物、《日课·每天三页以上》

224

老硬币

买电车票时，我拿出硬币投进卖票机。投入的金额是正正好好的，可随着一声清脆的“叮铃”声，有一枚硬币被退了回来。我捏起它，再次投了进去，仍旧被退了回来。

卖票机不能识别它，偶尔会有这种情况。硬币磨损了或是别的原因，导致卖票机没法识别。不过卖票机也好，自动售货机也好，并不是那么精密的，只要锲而不舍地反复投进去，大多数时候总会识别得出来。

不过我现在没那么多空，广播里已开始播放电车将至的通知了。我从零钱包里另找出一枚硬币投了进去，车票出来了。我赶紧穿过检票口。

退回来的这枚硬币，要是下次还不能用又得花功夫折腾，我便没把它放进零钱包，而是塞进了裤子的小口袋里。

回到家，脱裤子的时候，白天那枚硬币滑了出来。我捡起来瞧了一下，的确，很多地方都磨平了。那也不能怪它了，毕竟是四十五年前造的硬币。这么老的硬币还在流通啊？

说到四十五年前，正是我高中毕业进入大学的时候。于是，我再次端详起这枚硬币来。图案下方的平整地带，有好几处伤痕。我拿出放大镜看了看，发现是个 A 字，它旁边是 B，接着是 C，一直刻到了 E。

记忆的闸门打开了。刚入大学没多久，厌烦了读书的我百无聊赖，就拿出硬币用小刀在上面刻起字来。我知道不能故意破坏流通货币，可当时也只是抱着好玩儿的心态，想看看自己到底能刻出多小的字来。

我所刻上去的，就是 A 这个字母。要说为什么是 A，其实也没有任何特别的理由，那时刻什么都无所谓。

这就是当年那枚硬币吗？都是很早以前的事了，我连自己刻的字是什么形状都想不起来了。只是，我就记得自己刻得很认真，要说这硬币上的字就是我的杰作，或许也真有这个可能。

假如这就是我刻了字的那枚硬币，那说明它辗转轮回，经过四十五年后又再次来到了我的手上。但是，那会儿就只有个 A 字而已。而这枚硬币上，排列着 A、B、C、D、E 五个字母。

再仔细地观察一番我发现，这五个字母各有不同。有刻得左歪右斜潦草马虎的，也有刻得横平竖直清晰分明的。也就是说，这一个个字母其实是好几个人刻上的！

这么说……我想象起来。

有人注意到这硬币上有个小小的 A，于是在它旁边刻了个 B……然后另一个人刻了个 C……四十五年下来，一直刻到了 E。

尽管不知道大家都是怀着什么目的、身处什么状况刻了这些字，不过从结果来说，就成了今天这么回事儿。

我心里油然感到不可思议。

现在我要拿这枚硬币怎么办？至此它一直都行使着货币的职责，所以我要是想用掉的话，只要反复投币总能用掉吧。用出去之后，或许会有人从F开始往后继续刻，我要先刻个F再用掉也没问题。

不过这样的话，它可能再也回不到我这儿来了吧。不仅如此，最终它肯定会由于磨损太厉害而被回炉，永远丧失现有的形态。所以，我总觉得有点可惜啊！

我决定暂且把它放进装胶卷的小罐子里保管起来。虽然还没想好保管到什么时候。

这枚硬币原本能自由地旅行，途中或许会被刻上新的文字，我却让它暂停在了当下，心里不免产生了一种歉疚。

（平成十年二月二十四日）

在硬币上刻字当然是不对的。不过偶尔会发现刻了字的硬币也是不争的事实，我自己……不，我就不接着说了。

会想到写这个故事是因为，有一次我往地铁的售票机里投了十元硬币，结果被退了出来。那硬币磨得薄薄的，投进别的机器也会被退。和纸币一样，硬币用久了应该也会被回收处理，不过我倒是从来没见过纸币被涂得乱七八糟的，可能是因为已经被处理掉了吧。

想到与此相对的老硬币还能留存至今，我就觉得哪怕上头有这样的“文字接力”也并不奇怪了。

当时被退出来的是十元的硬币，记得那会儿百元硬币是银质的，在上头刻字总是怕怕的，五十元硬币由于中间有孔，没太多空地，五元硬币也是如此。一元硬币好像没什么刻字的价值——所以此处我考虑用十元硬币来写。

不过随着时代推移，日本的硬币外观样式发生了变化，刚才那番叙述也就失去意义了。因此，单纯就用“硬币”来称呼文中那枚好了。就这么办——这就是我的判断。

恐怕有人会怒斥道：“认为这故事能流芳百世，这想法原本就是错的啊！”

哎呀！我这样想也没什么不好呀！

顺便说到装胶卷的圆筒，用它来存放硬币真是好方便呢。尤其是五百元硬币，那真是严丝合缝。不过在数码相机即将全面取代胶片相机的现代，这种容器或许也快退出历史舞台了吧。

最后还要说一句，文中所说的四十五年前，其实是我与妻子开始交往的时期。读故事的妻子有没有注意到，我就不清楚了。

收录于《献给妻子的 1778 个故事》《日课·每天三页以上》

228 狂叫包厢

从这栋大楼前路过的时候，R 氏停住脚步，望了望导购栏。他稍微想了想，随后几步跨上台阶进了楼。

楼并不高，然而他进去才发现，整栋楼里不是饭店，就是食品店。

到这附近办事的 R 氏还没吃早饭，而下午的工作又拖得比较晚，他只感到浑身无力，边想着必须吃点啥边晃悠的时候，发现了这栋大楼。

总的来说，这里多是主打年轻食客的店。不过也顾不得那么多，肚子真是饿得不行。错开了用餐时间的缘故，每家店都很空。

去哪家店吃呢？从一楼爬到二楼，又从二楼爬到三楼。瘪着肚子，R 氏心情很差。空腹的时候总是如此，加上今天尽是些棘手的工作，各种不顺心的事情全让自己摊上了。这令他越来越焦躁不安，恨不能对着谁怒吼一通才好。

走上三楼，一家经营各种菜色的餐馆旁边，挂了块写有“狂叫包厢”牌子的门吸引了R氏。

狂叫包厢？什么意思？盯着牌子看了会儿，碰巧餐馆的店员从一旁路过，R氏便叫住了他，问：“这是什么？”

店员回答，说：“啊，往那里投个硬币，门就会打开，您就可以进去了。您从里面把门锁上，声音就不会漏出来，您可以随心所欲地大声喊叫哦。”

“大声？”R氏很疑惑。

“没错。生气的时候或是想哭的时候，都能大声发泄出来。”说完，店员又补上一句，“不过五分钟之后锁会自动解除，外面就会听见您的声音，到时得再投币才行哦。”

……

店员走回餐厅之后，R氏又盯了那块牌子几秒钟，掏出一个硬币。既然如此，反正现在周围也没人，就把一早积累下来的郁闷吐个痛快好了——他这么想。

将硬币投进孔里以后，门打开了。这扇门好像电视台或电台录音棚才有的那种，结实厚重。走进去一看，包厢还真狭窄。

它呈圆筒形，直径都不到一米三吧，圆形的天花板倒相当高。可别说躺下了，就连抱着膝盖坐下都嫌小。

R氏明白了，这么一来有伤风化的举动肯定就很难进行了，并且五分钟就解除锁定的话……当然了，年轻男女们说不定加把劲也能好好利用这个密室吧，反正这跟R氏无关。

他从里面上了锁，圆筒的内壁围上了一圈类似吸音板的材料。R氏在里头站定，一早以来的不愉快悉数涌上心头。愤怒的心情

狂叫包厢

难以平复，一旦引爆就一发不可收拾。

“哇——啊！”R 氏大吼一声。

不知是不是被墙壁吸收的缘故，声音并没自己想象的那么大。

“哇——啊！”R 氏又大吼了一声。

R 氏臭骂着脑海里那个人：“你这家伙，以为事情就能那么算了吗？你这人渣！去死！快去死吧！”

喘口气，R 氏接着骂道：“我要宰了你！拧断你的脖子，斩掉你的手脚，把你剁个稀巴烂！怎么样！知道我厉害了吧！”

再喘口气，R 氏又骂：“还有你！还有那个你！哇啊啊！哇啊啊！”

R 氏不停地喊叫着，尽管喉咙已经发疼，R 氏还是不肯罢休。

“笨蛋！混账！去死！快去死！你这渣滓！你这人渣！笨蛋！混账！哇啊！哇啊哇啊！哇啊啊！”

他终于喊累了。看了一眼包厢里从上锁开始计时的钟，差不多快五分钟了。爽了，R 氏走出了狂叫包厢。门外站着个比 R 氏小了十多岁、穿西装的中年男人正在等着。

两人在这奇妙的氛围下有默契地点了点头，中年男人接着进了包厢。R 氏看到餐馆，顿时一阵饥饿袭来，像是被吸过去一样，他一脚踏进了那扇打开的自动门。

“啊，感觉如何？”来搭话的就是刚才那个店员。

“嗯，马马虎虎吧。”R 氏回答，可声音掩饰不住地多少有点嘶哑。

“去那个包厢的大叔好像比年轻人要多得多呢。比起卡拉 OK 什么的，那里好像能更直接地排解怒气。虽然我还没去试过……

“总之，从那里出来的人肚子都会饿，常来我们店吃饭。大楼的业主貌似也是为了这个去造了它的呢。”店员接的话像是在自言自语。

（平成十年二月二十八日）

真是个蠢到家的故事。说到底，就这种水平的大楼，造不造得出完全隔音的包厢啊，造出来了收不收得回成本啊，怎么想都很不实际。但是，真会想用的人还出奇的多不是吗？当然，现在的我就算生气，也没那个力道狂叫就是了。

收录于《日课·每天三页以上》

260

回敬机

我又忍不住去创意小店买东西了。我有个毛病，只要一看上有点意思的创意商品就会赶紧下手。

但大部分都不是我期待的结果，虽然每次我都跟自己说再也不买这种货色了，可下次还是会重蹈覆辙。

“啊啊，这玩意儿我好想要！”此刻，我心里又呐喊开了。

它叫回敬机，名字简直毫无品位，不过只要设定了时间，三分钟也好，五分钟也好，它就会一五一十地把对方的声音录下来再播出去。

你或许会说，这种东西不是早就满大街都是了吗？但是，这家伙可配备了大音量的喇叭。只是，它也就这么个功能，价钱又不贵，看来音质是好不到哪儿去的吧。为什么要买它呢？

理由很简单：我家邻居养了一条狗。不知是训练没有成效还是运动不足，它常常会经久不息地大声叫，并且不分白天黑夜。

附近也有人家养狗，但它们叫的时候好像多少还是有着自己的理由或分寸，甚至是仁义道德的，当然这个说法有点奇怪，反正都不像邻居那条狗这般胡来。

要说邻居是否注意到了这点，我看是丝毫苗头也没有，至少我是这么认为的，而且若是冒失地上门投诉，我甚至觉得还会被对方给轰出来。

狗在那儿叫的时候，我都有种模仿它的叫声与其对抗的念头，但这只会丢我的脸、劳我的命并且愚不可耐吧。

于是，这回敬机不正是绝佳的对抗工具吗？现在大家应该能理解我一心想买这机器的用意了吧。然而，这回敬机看似随时都能发挥作用，可开启它的机会却迟迟没有到来。

毫无疑问，我已做了测试，还把回敬机的音量调到了最大，随时待命。

可是，只要用上一回，我与邻家那原本就不怎么样的关系必定会陷入更险恶的境地，我必须提前做好这种心理准备。因此，即使感到“啊啊，它又叫了，好吵啊，真久啊”，最后还是会告诉自己得忍耐，这次就放过它吧。

某天夜里，不，是黎明之前。邻居家那尖厉的狗叫声把我从梦中惊醒。它不停的叫声让我从床上爬起来，披起长袍，张望了一下窗外，但没发现什么异样。

它还在叫。再也忍不了了，我把录音时间设为最大值的五分钟，但考虑到还在黎明时分而不得不把音量降了一半，接着我按下了开关。这么一来，再等五分钟，回敬机就能吼出狗叫了。

那狗仍没停下，像是受到感染似的，各处的狗都开始此起彼伏地叫了起来。各处，不，听上去只觉得是周围各家的狗在齐声狂叫一般。可这数量也太多了吧？

我的回敬机开始叫了，吵死了，这狗叫声响彻四方。

等一下，这种叫法——不就是邻居那条狗的叫法吗？此刻我恍然大悟——是回敬机。附近的各家各户都在用回敬机回敬着。

恐怕不止我，附近还有好多家，也不仅是没养狗的人家，还包括养的狗叫起来比较节制的人家，群众都被我家邻居那乱叫的狗给惹恼了吧。

并且，这一户户人家也和我一样买来回敬机，但都是一边踌躇，一边在等待使用的时机吧。而现在，大家终于忍无可忍，纷纷上阵了。

看来，就是这回事。过了几分钟，狗叫声稀稀落落地弱了下来。我的回敬机也播完了，而邻家的狗则还保持着狂吠的状态。

再来录一遍，然后播一遍吧。可过了会儿，邻家的狗似乎也累了，不久，周遭就安静了下来。

关于这件事，附近的人们有没有相互议论，我就不得而知了。邻家的狗依旧时时乱叫，邻家对此却丝毫不在意。

附近怎么会有回敬机一起响起来啊，到底发生什么了呢，我完全就没考虑过回敬机是不是还该用，总觉得这做法很空虚，从那之后我就再也没用过了。

（平成十年四月一日）

说到构思这篇文章的起因，是我在写它的那段时间里，去附近散步时，别人家里的狗总会对着我乱叫。

是我的脚步声很可疑呢，还是我身上有小偷的气味，总之令我想不明白。当然也不是所有人家的狗都是这样，只是特定几户的狗会叫罢了，因此这应该不是我的责任。

于是，回敬机这种装置，浮现在我的脑海。我想这种东西实际上应该是不存在的。偶尔，有人会对我说："你啊，老写出一些稀奇古怪的东西，真要成了商品的话，恐怕全都是些卖不出去的货色吧。"而这回敬机也算是其中之一吧。

但是，我边写边想：若是出现了故事中所写的现象，还挺欢乐的吧。顺便一提，不知为何，如今无论我在家附近怎么打转，狗都不冲我叫了。

收录于《日课·每天三页以上》

297 枝型吊灯的灯泡

某月某日。

早上一抬头，发现客厅那个枝型吊灯的灯泡坏了一个。

说是客厅，不过是个当客厅用的小房间而已，而那个枝型吊灯也仅仅由五个六十瓦的灯泡构成，并且只是个仿制品罢了。五个灯泡里坏掉一个，亮度就会大相径庭。

可话说回来，上一个灯泡坏掉的时候，不过才是一个月前吗？总而言之，我买了个新灯泡换掉坏了的那个。

某月某日。

吊灯的灯泡又坏了。尽管不是最近换的那个，可不也是一个月前刚换的那个吗？但我之前并没有确认过灯泡的具体位置，吃不准自己说对没有。

不论如何，这三天两头的坏灯泡还真伤脑筋，换起灯泡来也够麻烦的。这年头灯泡就那么容易坏吗？还是说保存方法因灯泡而异？

有必要调查一下。于是，我在换灯泡的时候，顺便在那一个个支撑灯泡的支柱部分贴上了1、2、3、4、5，五个号码牌。太大的话生怕有碍观瞻，每张小纸片大约1平方厘米。

某月某日，2坏了，换掉。

某月某日，3和5同时坏了，换掉。

某月某日，2又坏了，这也太快了吧？

接下来，有必要把制造商和购买的店铺一起列入考察范围。我把它们一一记在笔记本上，看看在哪家店买的哪个厂商的产品性价比更高。

某月某日，P店买的A社造的1坏了，用Q店买的B社造的换上。

某月某日，P店买的B社造的4坏了，用Q店买的A社造的换上。

某月某日，P店买的B社造的3和Q店买的B社造的5坏了，3用Q店买的C社造的换上，5用R店买的C社造的换上。

某月某日，我试图搞清楚购买的店铺以及制造商与灯泡的保存方法之间的相互关系，可迟迟得不出个结论。

今天，Q店买的A社造的2坏了，用P店买的C社造的换上了。

某月某日，Q店买的A社造的4坏了，用R店买的C社造的换上了。统计数据的分析越来越复杂了，恐怕是不可能搞清楚了。

某月某日，五个灯泡全部坏了。天助我也，一整晚，我都让客厅处于黑暗的状态。

总不能让它一直暗下去，我给客厅里的吊灯装上了新的灯泡。至于是在哪儿买的，是哪个制造商生产的，随它去好了。我决定放弃记录和对相互关系的探寻。

（平成十年五月八日）

说句实话，这客厅指的就是我们家那个五叠①大的房间。房子一开始就是这个构造，所以便延续至今。

实事求是地讲，灯泡经常会坏。有人告诉我，把灯泡放入只在上方有个小开口的玻璃灯罩中，因为太容易发热，灯丝很快就会烧掉，不过原因是否真是如此，我就不知道了。

总之这个故事就是以此为灵感而写成的。即便大家没有将我所写的内容都搞得一清二楚，想必最后也会一边说“原来是这么回事啊”，一边“哈哈哈”地笑出来。

对我这个作者来说，就算我明白读者会跳着来看这种虚构的故事，创作的时候还是必须严谨再严谨。写这故事的情况也是如此，我在纸上画好表格，这次是这个灯泡坏了，下次是那个，说起来，还有人想去调查这个记录是否自相矛盾，列了张表自己填了一下之后，不住喊道“麻

①叠：日本用的草席“榻榻米”的面积计量单位，通常为1.8米×0.9米。

烦死了，我在干什么蠢事啊”而发怒了。你不明白吗，作者可比读者更麻烦啊。我是很想这么跟对方申辩一下，不过还是算了。

再啰嗦一句，现在基本都不用旧式灯泡了，而改用那种拧上去的荧光灯，所以基本上灯泡也不太容易坏了。

收录于《每日新话·第 2 集》《日课·每天三页以上》

309 无关紧要的故事

标题归标题……

打一开始，我也没期待谁会好好看一下这个故事。想必每个人都有这样的时候，偶尔会用些无聊的小事做番占卜或是打个赌，我也是。当然，原本也不是认真去干的。

最近，我总是稀里糊涂就买了彩票，但是一次大奖都没中过，可心里又老想着：总有一天可能会中，说不定就是这次，于是不由自主就买了。之后，我打算在都心（特指东京都的中心部）多逛一会儿的时候，十字路口对面的红绿灯进入了我的眼帘。

大部分人已经过了马路，不过信号灯还是绿色的。要是能在变灯之前过了马路，就当彩票能中大奖。我跑了起来，一次又一次在斑马线上撞了人，我还是没有停步。近来没怎么跑过，脚都有点不听使唤了，不过我终于在信号灯闪烁之前到达了马路对面。

口袋里的彩票能中奖了，就信它一回。走在人行道上，我来到了一片延绵着建筑工地防护围栏的地方。要是能沿着紧贴围栏的那条沟走到头，彩票就能中奖，而且应该还是一笔相当丰厚的奖金吧！

我让肩膀几乎贴着围栏走了起来，即便对面有人过来我也寸步不让。让了的话就中不到奖了。然而，走到差不多一半的时候，我发现有个和自己年纪相仿的男人也紧贴着围栏迎面走来。俩人之间的距离越来越短。

我当然没有让路的打算。能一步不让地把这段路走完的话，我就能中彩票。不过，对方也没有让路的迹象。距离越近，我也好，对方也好，都在放慢速度。

你稍微让一点点不就行了呀，这家伙还真固执啊，我心想。对方走得不偏不倚，终于，我停下了脚步。这么一来就算是表态了，只等对方离开围栏从我身边绕过了。然而，对方也站住了。

……

……

我们都看着对方的脸。对方面无表情，而我的面孔应该也没有任何变化。

两秒……

三秒……

五秒……

十秒……

……

我和他，依然沉默不语。我继续憋着一口气。这可关系到彩票，还有巨额的奖金啊！

这时，对方的脸上浮现一丝苦笑。随后，他悄然偏离之前的轨道，从我旁边绕了过去。我终于得以继续这段紧贴围栏的路线了。我边走，边想：刚才那个男人，为何如此执着于这条路线呢？

那是因为……

那男人也觉得顺着这条路笔直走下去便能成就某件事情吧？绝对错不了。并且，他会给我让路是因为那件事没什么大不了，即便坚持也没什么用，所以就干脆放弃了吧？

大约如此。总而言之，我走完了整条围栏。说实话，我会用这种毫无根据的占卜或是赌博来决定彩票会不会中，并且还为此跟人抢道，也真是够愚蠢的了……

你问那彩票？最终，没能中奖。

话说，今天我看电视新闻时发现，出国谈判的外务大臣登上专机舷梯回头向众人挥手时，嘴里念念有词。好像在数数，他挥了十次手。

挥几次手那当然是外务大臣的自由，但假如他是有意为之，不就说明外务大臣也做了和我一样的事情吗？要是能完美地挥十次手，这次谈判必然会成功。难道他不是这么想的？

假如真是如此，我一边干着蠢事一边还这么说三道四，岂不是自抽耳光吗？还真是让人哑然失笑啊……

（平成十年五月二十日）

无关紧要的占卜。

尽管大家不会说出口，但其实人人都会这么干，不是吗？在绿灯还亮着时穿过那个路口，今天的会议就能顺利举行；要能把纸屑精准地投入垃圾箱，等待的对象便会准时出现，诸如此类。就算知道这种事情压根儿就称不上占卜，我们还是会不由地暗自祈愿吧。

大家会想：这么做的话，可能还会带来好运不是吗？这个故事出乎意料地受欢迎，不仅是妻子一人，大家仿佛都感同身受。

收录于《每日新话·第2集》《日课·每天三页以上》

329

地下街的厕所

男人穿过地下街往地铁走去，突然一阵便意袭上心头。

记得哪个作家好像写过：上了年纪又身体状况不佳的人，碰到这种时候想憋也憋不住。便意越来越强了，可得快点找个公共厕所解决问题。但是，男人基本上没来过这条地下街，所以，他根本不清楚哪里有公共厕所。

到处兜圈子找标志的时候，情况一个劲儿地恶化起来。男人背上冒出了冷汗，这么下去可惨了——就连这个意识都已缩到了脑海的一边。此刻他只能想着忍耐，必须坚持到找着厕所才行。

有了，继续往下的楼梯旁边，出现了厕所的指示标记。男人奔下楼梯。

这是条极其狭窄的螺旋阶梯。终于奔到底了，面前是左右分开的男女厕所，动作太急恐怕会出危险，他推开空无一人的男厕所里较大的那扇门，小心翼翼地用脚底贴着地面蹭了进去。

得救了，不过稍有点拉肚子的感觉。为了出去之后不再发生同样的窘迫，就算时间久点也得在这儿把问题根治了才行。蹲着的男人想起了刚才走下来的那圈狭窄的螺旋阶梯。

那么局促的地方，勉强能让上下楼的人通过吧？而且，会用这厕所的人也多不到哪儿去吧？如果那样的话，恐怕会出现犯罪案件。

螺旋阶梯的底层厕所是很可能发生案件的地方。大概是空间或施工的限制不得已为之吧，可这厕所设计得还真麻烦啊。并且说到底层，这里可是比地下街更深的地方。

这四方空间的外面分布着用泥土掩埋的下水管或是电缆。归根结底，自己现在就像是在土里。这么一想，不知打哪儿就涌上一股异样的感觉。没错，在这种地方，要是水冲进来的话可就束手无策了吧？

此时男人想了起来，外面正在下暴雨。敲打在地面上的雨滴溅出高高的水花，形成了一层白雾。所以他才决定走地下街去坐地铁。讲起来，尽管只是道听途说，不过大约三十年前，这一带因为暴雨而发生过河流泛滥的灾害，这条地下街是不是也遭过殃呢？

之后，虽说采取过防护措施，但不少措施都出过这样或那样的失误。从刚才那暴雨的状况来看，今天，就这个瞬间，或许会发生同样的事。而且自己正在最底层，水要是漫进来，我就淹死了。

淹死在公共厕所里，真是太没面子了。但是水也不太可能漫进来吧，不不，没人保证不会发生这事儿。男人慌慌张张地提起裤子准备开门出去。

正在此时，他听到一阵水流的声音，量不大，但确实是水声。不仅如此，门下方居然有水流顺着地砖的缝隙涌了进来。

完了，泛滥了。这里是地底，要被淹死了，男人狼狈不堪地推开门冲了出去。

有个女人站在门前。站在男厕所里，然而，定睛一看，原来是打扫卫生的大妈。她穿着工作服，手里拿根水管，一头接在工具间门旁的水龙头上，另一头则在放水冲地板。

“啊，真不好意思哦，您慢慢来，我稍微打扫一下哈。”大妈说。

……

男人还杵在原地。

“您吓了一跳吧？我在打扫的时候，偶尔会有人铁青着脸急忙跑出来呢。到底是为什么呢？有什么好怕的吗？”大妈歪了歪脑袋对男人说着。

……

男人沉默着洗了手，沿螺旋阶梯上了楼。迈着步子，男人突然悟到了扫地大妈那番话的真意。

时不时会有慌忙跑出来的人，说明他们肯定和自己想到了一块儿。大雨天进这样的厕所，自己胡思乱想了一大堆的时候，想到了水漫金山的惨剧，此时恰好听到了打扫的水声，于是唯恐逃之不及——就是这回事吧。

这么想的不止我一个人。跟自己有着同样思考和行动的人多了去了。男人笑了起来，他感到了一种对于“同伴”的亲近……

（平成十年六月九日）

我想再阐明一下，关于"上了年纪又身体状况不佳的人，碰到这种时候想憋也憋不住"这段文字，是已故的田中小实昌先生[①]在书中提到的。我认为此话说得很有道理。

撇开上述不谈……

地下街里确实存在这样的厕所。即便不是一模一样，但我确实去过类似在螺旋阶梯底层的公共厕所。大约是因为我有幽闭恐惧症吧，在电视等媒体上看到那种在石头山里凿个洞建成的住所，我满脑子都是"自己肯定待不了半天时间"的念头。看到时，我简直都要窒息了。

因此，要是由于暴雨而水漫地下，我就只有一个想法了：这下可完蛋了。只能用恐慌来形容了吧，而若一本正经地把以上的内容集合在一块儿写出来，很多人的面孔都要拧成一团了吧。不管怎么说淹死在厕所里可太憋屈了。

想到让扫地大妈登场这一招，仿佛是为这个故事的收尾找到了救星。不过妻子当时看完做何反应，我是毫无记忆了。

收录于《每日新话·第2集》《日课·每天三页以上》

①田中小实昌：日本作家、随笔家、翻译家。

354 乱世型员工

起床打开电视，正好看见C社破产的新闻。C社创立不久，它乘着时代的浪潮急速发展，成了一个名副其实的大公司。

这就破产了？我是不怎么了解商业内情的，不过听说近年来的萧条经济确实令事态每况愈下。

我学校的同届生D在C社。准确地说，应该是曾经在。从学生时代开始，他就是个典型的秀才，进入C社后节节攀升成了董事会一员。不过今年春天，他好像从位子上退了下来，去相关公司做了老总，我还收到了他发来的招待信。

其实我与D的交情并不深。他那种秀才特有的自信满满和独断的态度，总让人觉得不太舒服。不过，D究竟有没有注意到我这种情绪，倒也要打个问号呢。

我突然想起十七八年前，与正在晋升之路上奋力拼搏的D聊天的事情。

“的确，我们公司从战后的动乱中异军突起并逐步壮大，可是现在时代不同了，是时候摒弃这种传统思想的桎梏了。”D主张道。

“我们公司还真有几个奇人呢。那些人没什么亮点，也没什么特长，光是完成交给他们的工作就费尽全力了。可是他们不但没受到冷遇，反而都爬到了还算不错的位子。我们公司好多人都对此感到不解。你知道他们到底是为何而存在吗？”D说道。

“不知道啊。”我歪了歪脑袋回答。

“他们啊，都是为非常时期而准备的人才。”D又接着说，“以前好像常有人说，相对于平时很有才能的人，还有种人称为乱世型人才。平素其貌不扬，碰到意外事态时却能发挥出超常的领导能力，切实解决危机——说的就是他们这种人。”

“……”我只能保持沉默。

“创立公司的老社长认为公司很需要这样的人，他多年来积累的经验似乎也令他有那种自信能发现具备这种资质的人，所以他录用了他们。不过，他们到底是不是乱世型人才，不到乱世是不知道的吧？而我觉得最不靠谱的地方就在于，能看透对方是否拥有这种潜质这件事情本身。”D好像有点说累了。

不过，出口气他又接着说：“换句话说，就好像把或许派不上用场的灭火器当成宝似的紧抱不放。而且，要说非常时期，在当今的时代也是可能预测的，应对方法也不会少。老社长那个时代暂且不提，现在已经没有必要再养着那群人了。”

“原来如此啊。”我应和着。

“就是如此啊，对经营者来说，就必须顺应不同时代的变化。

平时有能力的人，非常时期也会有能力。我是这么坚信的啦。”D断言道。

这么说来，当然这只是我的想象，D该不会是竭力想把这种乱世型员工从公司里赶出去吧？至少，他是这部分势力中的一员吧。

当然，这也是我的想象，近年的不景气和事态的恶化已远远超过了D的预料，甚至连平时颇有才能的员工也都束手无策了，不是吗？对此，尽管丝毫无法保证乱世型员工一定能够扭转局势，但是否正是由于这类人员的欠缺，而最终令公司走上了破产的道路呢？

这想象是否符合事实，问问D或许就能明白了。虽然我觉得他是不会老老实实地回答的，不过从他的口气中应该可以略知一二。

然而，我是提不起劲儿给D打什么电话了。

（平成十年七月四日）

说到这种乱世型人才，对知道的人来说或许是常识了。我很早以前在《正午两分钟前》这本讲关东大地震的书里，看到过不少类似的描写，据说，平时不起眼、评价也不怎么高的人，在这非常事态下发挥了出色的领导才能，拯救了许多人的生命。所谓人类社会可不就是这样吗？于是，我不由得为此而倍感敬佩，那之后也思考起乱世型人才的必要性来。

写这篇故事的时候，社会上正掀起一阵讨论热潮，话题是关于只懂应试的秀才们能否承担起世间的嘱托。实际上，我觉得今后的日本将逐渐进入一个左右为难的时代，传统意义上的“精英”是否还能称得上“精英”都是个问题。

说到底，要问如何能像本文中提到的那样一眼看出乱世型人才，我也是束手无策。

收录于《日课·每天三页以上》

376

被“放假”的记事本

整理了要带走的东西，正准备塞进一个不常用的包里时，里头露出一个小小的记事本。那是个黑色封面，似乎到处都有卖的记事本。我想着，就一直把它丢在里头吗？

这个记事本是前不久在百货店买的。那天要与人碰面，会谈的内容恐怕太复杂，写在平时常用的记事本上有点浪费空间，我就干脆又买了一本。没想到会面很轻松地就结束了，买来的记事本也没用上，回家后又丢在包里忘了拿出来，就成了现在这样。

我有个癖好：就爱买记事本或者便条本之类的东西，所以出现这情况也并不稀奇。今天我已经特地备好了工作用的笔记本，这个记事本也没什么用了。于是，我把它往桌上排满记事本的箱子里一塞了事。

那之后过了许久，因工作之需得在外留宿，到宾馆里换衣服并把其他物品取出来的时候，我发现了这个记事本。这东西是我放进去的？出门前急急忙忙的，总之把或许派得上用场的全抓进包里了，大概就是那时候混进来的。想着总有机会能用了吧，结果还是没用。

演讲时，在讲台上低下头，想从胸前的口袋里拿出记了提纲的笔记本时，又出现了那个黑封面的小记事本。是跟事先准备好的那本搞错了吗，我急出一身冷汗，不过我发现原来放到了另一边的口袋里。

我为什么要把这本没用的记事本放进上衣口袋呢？然而，我无暇顾忌这些，抬头对听众讲起来。

坐电车时，脑海里突然浮现出一个点子，我打算从包里拿出点子便条本记下来。出来的是黑封面的小记事本。或许写在这上面也挺好。可是，点子便条本都用了好几个了，日期都连着呢。总不可能突然记在这毫无关系的本子上。

我找起点子便条本，记在上头。随后，我啪啦啪啦地翻起这个黑色的记事本。自然，只是些印了分隔线的白纸。但最后一页，有这样一行字——偶尔用一下不行吗，白痴。

这是啥？谁写的？但这就是我自己的笔迹。横看竖看，只能这么认为。我写过这种东西？不记得了。记是不记得了，莫非是我睡得迷迷糊糊时写的？我歪着脑袋，把它和点子便条本一起塞回包里。

回到家，我想再仔细研究一番时，不知为何，那个黑色记事本不见了，弄丢了吗？我明明放进包里了，点子便条本还在呢，奇怪。任我把包翻了个底朝天，还是没找到。

那之后，我再也没见过这个黑色的小记事本，不知去哪儿了。

我在想，说不定那记事本的某一页写着“再见”呢。好不容易买到它，却一次都没用过，为了对我尽到最后的情谊，临走之前，它会不会（那多半是我的笔迹）向我道了别呢？

可事到如今，也没法再确认了吧……

（平成十年七月二十六日）

如文中所写，我是个离了记事本就活不了的家伙，并且动不动就立刻买新的，买来了很久不用也是家常便饭。因此，纵使有文中这样的记事本，也并没什么不可思议的。不，肯定有些笔记本由于未被我使用而气得离家出走，只不过我自己没注意而已。

收录于《日课·每天三页以上》

395 写“？”

这个点子或许行得通——萌生这一想法的瞬间，电话响了。

没时间记下来了，得把脑海里浮现出的印象记好，再深深烙进心里，一秒，两秒。

男人拎起了听筒。

这个电话打得相当冗长。一边说，男人一边想：该不会忘了吧，好像是忘了……

放下听筒那一刻，果然，他丝毫回忆不起刚才所想到的点子，怎么绞尽脑汁都是白搭。男人从桌上的书架里抽出一本贴了“点子便条”标签的小本儿，写下今天的日期后，又画上了一个“？”。

出于某种原因，男人开始每天写一则短篇故事，已持续一年多了。

每个故事都需要点子。这之中，即便有信手拈来写成了杂记风格的，可他好歹也为此费了九牛二虎之力。

在这之前，男人为了创作故事，总是随身带着点子便条本，想到了什么就记下来是他通常的习惯。当然并不是每一条都派上了用场，可不写下来就会忘记。而用过的点子，他则会标上“√”。就这样，已经用掉了无数点子便条本。

为了每天都有话可写，就不能漫不经心地守株待兔，而得积极自发地挖掘才行。可是，即使带着点子便条本，总还是有没法做记录的时候。这时，就只能等方便的时候飞快地记下来，但很多时候他都会忘记。虽然很可惜，但也无可奈何。

不过，当那点子闪现出来时，对于这是个全新的点子，还是以前出现过的类似点子，抑或写出来能变成一个故事，男人大致可以凭感觉判断出来。虽然他也搞不清楚自己的脑子怎么会有这种功能。

就算在已经发表了多部著作的今天，若被问起对此是否还有百分百的自信，他心中还可以本能地区分出这些点子，虽然无法给出十分确切的答案。

想到了却又失之交臂的点子，在所有点子中处于某种微妙的位置。虽然有种“不是新点子”的感觉，但自己并不清楚以前有没有记下。翻翻点子便条本，也没法查到写过没有，可若就此当作今天的新点子记下来，又会产生重复使用的危险。

然而，男人多少能知道那些忘掉的点子会在什么时候、以什么契机之下重现于脑中。当然，他本人也不明白个中的原因，于是，他想到了一个能对此加以利用的方法。

也就是，想到了点子却忘记的时候，他就在当天这一栏里记上个“？”。这么一来，“之前那个点子我现在也想到了，只是当时不小心忘记了呢”，这样，他就能加以区分了。本文一开始说的“？”就是这个来历。

今天，男人不管怎么拍脑袋，都想不出个看得上眼的点子。于是，他想到翻一翻点子便条，都是“？”。

以前只不过是偶尔有那么几个点缀其中，后面却越来越多。这么说来，最近连记个便条的空闲都很少了。

男人陷入了思索，其实，话应该反过来说才对吧？回忆近些时日这种没点子的状况，顺序可不是反了吗？

没错，直到稍早前，男人确实还是想得到点子，只是没法记下来，随后不当心忘记了，因此画了“？”。

但是，这一两个月来，要不就是电话突然响起的时候，要不就是电车来了得赶紧过检票口的时候，要不就是买东西后接过找零的时候，再不就是在一大群人面前演讲的时候——都是在一些没法记便条的状态下蹦出了点子。

它们是看准这个时机，或者干脆说，就得在这些情况下，它们才会出现。男人似乎产生了这样的心理和思索。

这么下去可不行，因为男人习惯于随手在点子便条上画“？”，所以自己的大脑就逐渐形成了总是让我画“？”的工作机制。

理论上或许是讲不通的，但还是应该放弃写“？”。摒弃这种做法的话，就算不绞尽脑汁，应该也会有点子冒出来吧？这或许又是个奇怪的理论。

讲不通也好，奇怪也罢。男人决定把点子便条上的“？”都擦掉。所幸，为了方便修改，当初都是用铅笔写的。

男人拿着橡皮，把前天、大前天的“？”都擦了。不仅现在用的这本，上一本也没放过——嘎吱嘎吱地全擦了。一边擦，男人还一边想：自己到底是在干什么呢？

夜里，男人做了个梦。“？”们排成一队，边跟他挥手，边浩浩荡荡地向远处走去。

（平成十年八月十四日）

“每天写短篇故事的话，想点子就成了桩难事吧？”经常有人这么问我。

说实话，刚开始写这《每日新话》的时候，手边的点子有好几十个，新点子也源源不断地涌现出来，令我不由地想：一百篇、两百篇算得了什么，多少我都能给你写出来哦，我才不会输给你呢。

相比之下，困难的倒不如说是怎么抽时间来写。或是外宿时，在旅馆里写了传真回家，或是妻子在医院里吊针时到附近的咖啡馆里笔耕，或是在往返东京的新干线上写完带回去，等等。

然而，渐渐地，随着逐步适应了如何挤时间，我不得不在找点子上费尽周折。平时总随身带着点子便条本，想到什么就立刻记下来。假如在两手都拿着行李，或洗澡时手边没放便条的时候，不记下来的话，就常常会忘了。

因此，坦白来说，我好多次都标上了“？”，不过我很快就不这么干了。因为写了“？”又回忆不出什么，看了不是更来气吗？

所以，我从这个故事的中途就开始吹牛了。吹牛也无妨，这又不是随笔，必须把它写成小说才行。

啊，最后那个“？”排成队的梦，算是我免费附赠吹的另一个牛吧。

收录于《日课·每天三页以上》

511

D 的来信

第一封信

别来无恙？小生，上月开始搬来此地。这屋子很久以来无人居住，几乎算是废屋，我得稍花些气力做番修缮。

不远处便是大海，拉开移门，低头一看就是。冬天恐怕会有点冷，风也会刮得猛些，我也不知会住到何时，不过眼下甚是惬意。

我正在源源不断地写诗。屋子距村子并不远，日常生活并未像想象中那般不便。你一定要来我这儿玩玩。

——D

第二封信

还好吗？小生，宛如生活在童话世界中。

今天，敞开门的房间里跳进来两条飞鱼。我烤来吃了，很快活哦。

诗，多得能出诗集了。

来一次吧。

——D

第三封信

近况如何？我简直过着有如天国、有如梦幻的生活。

前天，有只章鱼爬进家里。

今天，飞入一只海鸥。章鱼被我吃了，海鸥则放飞了。

诗想写多少就能写多少。

快来玩吧。

——D

最后一封信

最近精神头还好吗？我的劲头可是越来越足。

飞鱼也好，章鱼也好，总是自己往家跑。海鸥也是常客，来的东西真是千奇百怪。

昨晚，睡觉时没关门，有人从外面往屋里窥视。我起来想看看是谁，让它逃了。月光下我看到，那是人鱼。

我可没吹牛。不信的话，你自己来看看呗。

——D

我所造访的这户人家，房子距离悬崖很近，破烂到几乎谈不上“家”。并且D并不在那里。别说D本人，那里没有任何生活用品，丝毫看不到曾有人居住的痕迹。

问了问附近村里的人，说D大概的确在那房子里住过。然而，某个晚上之后，就再也没见过他，怕是悄悄地搬到别处了吧。

我百思不得其解地回到了家里。在那之后，再也没收到过D的来信，也再没听到过D的消息。我在想，他可能被大海掳走了吧。大海给D送去了飞鱼，送去了章鱼，送去了海鸥，甚至还送了人鱼。

于是，大海把D，连同D的所有物品一股脑儿都卷走了，难道不是吗？当然，这种说法是解释不通的。不过，我还是忍不住会这么想。

（平成十年十二月八日）

为什么用D这个名字——我必须从这里开始解释。事到如今才说，恐怕会招人诟病。这每天一则的故事里，我决定尽量不出现固有名词。固有名词会给人先入为主的印象，偶尔出现了相同的人名或地名，要是让人觉得对不上号可就麻烦了，这就是用D这个名字的理由。

因此，需要出现固有名词的时候，我就从字母A开始，按B、C、D的顺序排列下去。排到Z就再回到A开始。其实，这只不过是个非常手段，并非什么可以滥用的方法。全书读下来，应该就能理解了。

这个故事似乎会招人嘲笑，可感觉上也有种诡异的清爽感，当然自己说出这话多少有点王婆卖瓜的感觉。

有些看过它的人会边说"不错啊"边点头称赞。其中，还有人会觉得"你啊，每天写故事写得痛苦死了，想破罐破摔了是吧，文章里可都流露出这感觉了哦"，那可是您看错了。绝对没有这回事。

收录于《日课·每天三页以上》

524 常葆心情明亮

出门买面包时，初升不久的太阳钻入云中，只有云层下方那橙色的火焰在闪烁光芒。

今天，或许会碰上什么好事。倏地在心头浮起的，是几天前听到的一句台词：常葆心情明亮。

这样的话，据说对身体也有好处。没错，那就往这方向努力吧，常葆心情明亮。

那是个阴郁而寒冷的早晨，吐息都是白色的，我出门买面包。

天很冷，想到今天的工作，心情越发沉重。可是，我必须常葆心情明亮，常葆心情明亮。

开门时，呼呼的寒风扑面而来。加油，加油，常葆心情明亮。

忘记欠债的事，工作也总会有起色，顶着寒风往前迈。

“勉强让自己心情明亮开朗的话，面孔就像抽筋似的。”偶尔有人会对我这么说，自己照照镜子，也有这感觉。可，这是因为心情并非真的明亮，是情绪问题。为了不令面部抽筋，得想想办法保持心情明亮。

倾盆大雨之中，出门去买面包。手脚都淋湿了，好冷。身边飞驰而过的汽车溅了我一身的水，我不能认输，要常葆心情明亮。

用柔和的表情，用并非抽筋而是发自内心的柔和表情，向前进，常葆心情明亮。

工作陷入了瓶颈，催债的步步紧逼，昨天开始腹部剧痛，睡眠不足，天虽然放晴可风依旧很冷，今早我也要出门买面包。我要常葆心情明亮。

然而，一直这么持续下去，到时累积起来的压力不会一股脑儿爆发吗？这念头掠过我的脑海。那样的话，我会不会抄起手边的东西到处乱扔，揪住身边的人对着他们狂吼呢？

或许会，但这是到那时候才会发生的事。能撑得住，就必须撑下去，常葆心情明亮，常葆心情明亮。

（平成十年十二月二十一日）

我用自己的方式在加油，所以你也加油啊，也给我加油啊，怀着这样的心情，我想折腾一篇东西出来（欠债什么的是虚构的），结果写成了这样。

说实话，这不就是自虐般的无病呻吟或是自我陶醉的小丑吗？

不过，现在回头来看，真是苦涩。

收录于《日课·每天三页以上》

557

占领椅子的怪物

早上九点多的时候，醒了一会，犹豫着是否要起床的当口又睡了过去。似乎没什么要紧事，也不必写稿子，精神便放松了下来，再次睁开眼睛，已是中午一点左右了。

睡过头啦，我边想边起身，打算穿衣服的时候，瞥了一眼桌边——那家伙出现了。我的书桌不带抽屉，而是连着木质靠背椅的那种。

椅子上，正坐着个长了圆盘形脑袋和细长手脚的绿色家伙。它身长应该有一米，手脚缠绕在椅背和椅腿上，占据了整把椅子。又出来啦，我心想。

大约从十年前开始，只要我睡觉超过下午一点，这家伙就会偶尔出现并占领我的椅子。它到底是何方神圣，到底有何贵干，我是不知道。只是我很明白，它似乎总盯准了我偷懒或松懈的时机跑出来。

真糟糕，这家伙一旦粘上椅子就很难再离开，硬扯的话会相当费力，必须等它什么时候高兴了自己从椅子上下来。

不过，反正今天也没什么必须用到书桌的急事。我穿好衣服，下楼洗了脸再回来。这家伙——在我看来就跟鬼怪一个样，姑且叫它怪物吧。怪物一如既往地粘着椅子，仿佛这上头有什么好玩的或是乐趣似的。圆盘形脑袋既没有眼睛鼻子也没有嘴巴耳朵，让人一点都猜不透它在想些什么。

放在桌边台子上的电话响了。我把手伸到怪物脑袋旁拎起话筒。是催稿电话。

一开始我还没搞清楚为什么要催稿，说着说着就记忆复苏了。确实，我和对方约好今天会把稿子传真过去，而预定表记错了一个月。

跟对方表示会在今天发过去之后，我挂了电话。得赶紧动笔才行，可是书桌被怪物占了。能把它一整团儿搬到别的椅子上去倒也好了，可我实在找不出一把合适的椅子。

至今为止，我做过许多次尝试，因此知道要挪动它几乎是不可能的任务，可我还是打算努力一下让它离开椅子。我靠近椅子，抓住它的肩膀部分，用力拉起来。

它的身体算不上冰凉，那种橡皮的触感好像橡皮做的玩具青蛙。可是，这块橡皮一拉就伸长了，并且可以伸得无限长。怪物加强了盘住椅背和椅腿的力道，以示抵抗。

肩膀部分不太容易使劲儿，这次我双手抓住它的脑袋用力往上提。它的脖子越拉越长了，可手一松，它又啪地弹回了原位。接着我把它缠在椅背上的手指一根根扒开，扯着手腕拉，可只是

手被一个劲儿地拉长了。

再来试试它的腿，拉不下来。我两手抱住它的身体想把它从椅子上拉开。可它只是手脚不断伸长，身体却并不离开椅子。

果真行不通吗？我从书桌旁退到被窝上坐下。还有稿子要写，不得不写，把这个事情告诉催稿方请求推迟交稿——当然，我的念头里没有这个选项。

这种鬼怪故事，对方信了才见鬼了。虽然怪物就在我眼前，但说出去别人信还是不信，这种判断力我还是有的。

再试一次吧。我又一次靠近椅子，开始了与怪物的拉锯苦战。拉也拉了，抓也抓了，拧也拧了，还竭尽全力地拖得老长，可怪物就像钉子一样牢牢地长在了椅子上动也不动。苦战之际，这怪物身上的橡皮泥味儿越发浓重起来。

我听说过形状记忆合金，不过这家伙算是形状记忆吧？能记住怪物的原形并变回怪物的橡皮泥，但是，又是橡皮泥又能记忆形状，怎么想都太离奇了。说到底，真有这种东西存在吗？我脑海里万马奔腾，结果，我拿它束手无策。

你这混蛋怪物。这样下去只是浪费时间罢了，我只能等怪物自己从椅子上下来。

从书架上抽出来一本书，我戴上眼镜往楼梯走去。找了级台阶坐下，装作看书。

三分钟。

五分钟。

又过了一些时间，似乎是怪物从椅子上下来了，进入了我的余光。

可是，现在还不能轻举妄动。对方正在试探我才故意搞出这种把戏来的，在我有意要坐上椅子时它又会跳回去，重新占据椅子。凭借至今的经验，我能肯定——还得等。

怪物从椅子上下来，在椅子旁边来回移动着，它正在窥探和预测我的行为。我继续装作看书，应该说，我的确被书的内容吸引进去了。忽地抬起头，只见怪物正往窗前走去。

这段距离的话，我应该会比它更快抢到椅子。我冲了过去，抓住椅子，一屁股坐下。怪物想跳回来，可我比它更早一步，已经没有怪物能坐的地方了。

它在原地愣了两三秒钟，最终，往房间的角落走了过去，那里堆了录音机、电视机、CD、录像带和衣服等杂物。随后它逐渐淡化，隐去了身姿。是消失了吗，还是化身为了什么，反正我是不知道了。

无论如何，总算一块石头落了地。怪物只要消失了，这天就不会再出现。直到下回，我懒散地睡到下午一点以后，发现它又出现在我椅子上，其间什么事都不会再发生。

天已经黑了，我在桌上铺好稿纸，开始聚精会神地写起来。

怪物至今还不时会出现，因为频率不高，我差不多都快忘了，并且，只要我不睡过下午一点，它就不会出来。

假如，我是说假如。假如怪物更早一点，并且每天都出来的话，我就不得不把它当回事儿了吧。我就必须在怪物占据椅子之前起床开始工作了。

这么一来，我肯定能在工作上更加精益求精，写作量也会大大增长了。当然，那样恐怕会太勉强自己，以至于因过度疲劳而病倒吧……

保持目前这种状况，不是挺好的吗？

（平成十一年一月二十三日）

对于这个故事，肯定会有人解读说：这是作者潜在意识的实体化表现，或者是作者负罪感的戏剧性象征吧。不过，解读终归只是解读，很多情况下，作者们常常喜欢把非现实的素材当作现实来戏说一番，难道不是吗？

以前曾有那么两三个阶段，我工作到黎明时分而一觉睡到午后。仿佛是为了确认自己是个自由职业者而采取了这种毫无成效的做法吧。写《每日新话》的那段时期，早已没了这个习性，也可能是被严令禁止喝酒的缘故。

因此，这个故事便是以“假如有这么个怪物可就麻烦了”为出发点而产生的联想。实际上，真的很糟糕吧。不过，看到它的人（此处并没有规定它只会出现在我独自一人的时候），不会觉得很好玩吗？若是变成影像就更是如此了。

收录于日本笔会文集《熟悉的风景变化之时》《日课·每天三页以上》

568 奔跑的植动物

快递送来一个纸板箱，是“生物保护育成同盟”寄来的。这个团体的名字前所未闻。总之先把箱子打开，只见里面还有只箱子，上面放着一封信。我念了起来。

这是新品种的植动物，每天花一小时照顾它，持续十五天后，它将为主人带去愉悦。您爱生物吗？如果您的回答是肯定的，那么请每天抽出一小时给它。无论何时开封都无妨，从开封之日起，成长就开始了。

就是这么一封信，对这种来历不明的东西，我一点没有养它的兴趣。扔在一边，大约过了十天，有个朋友打来电话：“你家有没有收到过生物保护育成同盟送来的东西？”

朋友说：“看起来好像是跟环境保护团体有关的人送来的呢。我培育了几天，出怪事了，花居然跳舞了。”

“跳舞？”我疑惑地问道。

“没错，叶子甩来甩去，根部还打着拍子跳舞呢。这都连跳两天了。”

“……”

“到底为什么要送这么个东西来啊？不过，让它听听录音带，它就会和着音乐跳舞，要说好玩，也是挺好玩的啦。”朋友说道。

被吊起好奇心的我打开了箱子，里面只有一个插着茎状物的花盆，还有本育成说明书。每天花一小时浇水，施以附送的肥料，并亲切地予以注视——说明书上这么写。

水和肥料不必说，这注视是怎么回事？不管那么多，我决定先按指示做起来。茎里抽出了枝条，叶子也长了出来。只是这株来历不明的植物，就能跳舞吗？

每天不仅得浇水施肥，还要目不转睛地盯着它，简直就在傻乎乎地浪费时间。尽管这么想，我还是认真地坚持了一周左右。茎长长了，枝叶也茂盛起来，渐渐地，根部也从土里窜了上来。

昨天，还有今天，我都没注视过它。我也是很忙的，只给它浇了水、施了肥。这植动物什么的，个头长到了一米多高，根部在茎的周围四散铺开。

最近，没浇水、没施肥，让它自生自灭去吧。因为我实在太忙了，而且也没法保证每天回家。它要枯死就只有枯死了，没办法。

今天一看，花盆里空空如也。不知发生了什么事，是谁给拔了？但家里人都说没干过。到底是怎么回事？

我把花盆扔了。

来到街上，只见有个怪东西正在路上跑。叶子拍打着，根部不停地扑腾着——是植物在跑。还不是一两株，十几株凑成一群一起奔跑着。这么说来，我家那株莫非也逃出去跟它们跑在一起了吗？

镇上到处都跑着这种植动物。所谓植动物，似乎就是起初为植物，养着养着就变成动物的东西。它们会跑到有水的地方，吸饱之后继续奔跑。

之前，养了那株会跳舞的植动物的朋友，又打来电话问："你家那株养得怎么样啦，会跳舞了吗？"

我如实说了。

"那可糟了。"朋友慌忙地说，"赶紧收拾好行李逃走吧，很危险的！"

"你指什么危险？"我问道。

"它们会成群结队，攻击那些没有好好养育它们的人家，海扁那些居民。它们还会一边跑一边开花，结出种子，还会把果子发射出来打人呢。一发还好几个，速度超快。我家这株虽然只会站着不跳舞了，但只要它还在，那些外面跑的好像就不会攻击我家。你是养到一半放弃了，所以就遭殃了吧，被报复啦。"

……

这说法我怎么都信不了，但家里的墙上传来了咚咚、咚咚的响声。往窗外一看，数百株会跑的植动物正在我家门前集合。它们站成一排，正接连不断地把乌黑的种子往我家发射。

结果，除了那些精心培育植物的善心者，其他人类都被植动物到处驱逐，整个地球都被它们占领了。

我开口说："同学啊，的确，我说过希望你能跳出日常生活的圈子，试着写点更有趣更异想天开的故事。说是说了，可这是什么？这也太过分了吧？"

……

文化中心的学员一边瞪着我，一边接过我还给他的稿子。然后，他慢悠悠地说："老师，您来教我们写小说是有讲课费的，对吧？您只是让我们一个劲儿地写，却仅仅把其中一小部分优秀学员的作品挑出来，要么表扬，要么往外推荐，可其他那些没什么亮点的作品要怎么办呢？结果不就是让它们自生自灭吗？您可是收了钱的，这么做也太不负责任了吧？我是把这口怨气用那种奔跑的植动物表现出来了呀，要是您继续像现在这样不管不顾的话，总有一天您会遭到报复的哦。请您好自为之吧。"

……

学员走出了教室，而我只能茫然地目送他。

（平成十一年二月三日）

"这么瞎掰的故事亏你能面不改色地写出来啊"，或许有人会这么说。"真异想天开啊，真有才啊"，可能也有人会如此揶揄。还会有人说"这是个因果报应的故事”吧。如此一来结局就太悲惨啦，故事应该往去掉这个结局的方向发展才好。

实际上，反过来讲，教写小说的老师（包括我自己）即使被学员这么训斥，也是完全回不了嘴的吧，我正是为了说明这点才写了这篇故事。那种为了结局而写的结局，我是尽量不想写的，你要问我真实故事写得如何，我只能用傻笑来回答你了。

收录于《日课·每天三页以上》

605

都市之声

再有一小时，天空就要开始泛白了吧。

我行走在都市那沉寂下来的繁华大街上，要问为何此时我会在这里，说来话长就不赘述了。

虽说是静下来了，但毕竟是都市，不可能悄无声息。视野里虽见不到一个人，但仍能听见人的气息与话语，还有犬吠和偶尔飞驰而过的车鸣，以及宛如笼罩着整个城镇的沉重回响和遥远的工程噪音。想起数小时前的喧嚣，现在这虚幻的静寂让人感到仿佛置身巨大的洞底。

霓虹与电饰招牌虽多已熄灭，路灯却还亮着，道路与建筑物在这明暗之间好似悬浮在低空。所到之处，垃圾四处翻滚，纸片或塑料袋那般轻薄的物体则随风在地面滑行。

来到繁华大街的正中央，我忽地停了下来。

一直盘旋在耳边的钝重回声此刻更加深了一层，宛如地响。

不仅如此，里面还加上了高音，成了复合音。

在我听来，像是一种呻吟。不，那一定是呻吟。

如此确信的瞬间，我的耳中像是列车开入隧道那般，“嗡——”地一下。或者说，整个耳朵成了空洞更为确切。

这时，不知从哪儿传来了声音，低沉而粗哑，仿佛要把整个城镇抓在手心并将我捏碎那般。

啊……

这声音极度疲惫，接着，它化为了言语：“太久了，久得令人生厌了。快结束吧，结束吧，把一切都抛开，都击垮吧。”

说话的人究竟是谁，为什么要说这种话？我感到奇妙的同时，也明白了真相。发出声音的是这里所有的一切，整个城镇以及包裹着它们的这个都市。

都市正疲惫不堪，它从很久以前的小村落开始发展，逐渐膨胀，增加密度，继续膨胀，为了不落后于时代，为了不落后于其他都市，拼命往前赶，但它对此已经厌倦，已经精疲力尽了。

这座都市说：希望能够结束一切，希望能够击溃一切。

我立在原地，那个声音消失了。耳畔的一切恢复了原状，黎明前那一如既往的繁华喧嚣之音也回来了。

那么——都市会终结吗？都市会自毁吗？

地震？大火灾？海啸？还是暴动？

现在，会发生什么异状吗？假使如此……假使都市会自毁，那我的一己之力也只是杯水车薪。而我自己，也会就此消亡吧。

到底会发生什么事？我在等待。还没出现任何异动，于是，我再次迈开脚步。

一天，两天，三天，在这自己居住的都市里，我每天都活在“今天发生异变了吧”“已经发生了吧”的“未雨绸缪”之中。

什么事都没发生，都市一如往常地继续着它那毫无目的的喧闹，流动着平凡的时光。

一个星期过去了，一个月过去了，哪怕再过得久一点，都市仍会是现在这副光景。

渐渐地，我脑中形成了一个念头——再努力也上不去了，想要把一切都抛开。然而，第二天我又重振旗鼓，与往常一样继续奋斗。这已是一种常态。都市，不也是这样吗？

我耳中的那番呻吟和那段话语，就是都市当时的心声吧。然而都市又回心转意了，为了维持一贯的自己而继续上路，它难道不是每天都在重复着这个过程吗？那呻吟与独白，每夜，不，即便不是每夜，也是时时都会出现的，不是吗？

这么说来，或许您也曾在某时某地听到过这种都市发出的低吟吧。至少，知道这都市也与自己一样，交替着低谷与高峰。我产生了一种仿佛找到同伴的心情，获得了些许向上的动力。

（平成十一年三月十二日）

说这篇是故事略有点编差——有人会这么说吧，也许有人会说看上去像诗。

回顾这篇文章时，我发现当时的自己虽然不是那么想的，但的确是身心俱疲啊！包括每天都要写个短篇在内，生活中肯定充满了困顿。然而，我自己都没意识到，我把这巨大而沉重到几乎要将人摧垮的感觉，假借黎明前的都市表达出来了。

曾经，我偶尔会醉醺醺地行走在夜半或黎明时分的都市街头。不知为何会越来越郁郁寡欢，但即便如此，现在回想起来仍然感怀。如今的我已与深夜之都无缘，而奇妙的是，脑中残留着的却仍是过往的都市景象。

都市，也累了吧。大家也都想过要放弃吧，却不会放弃生存。我也是如此，我自言自语般地鼓励着自己。

过去经常和我一起喝酒散步，经历过风风雨雨，最终与病魔抗争的妻子，看了这个故事会怎么想呢——她什么都没说，而我也什么都没问。

收录于日本笔会文集《熟悉的风景变化之时》《日课·每天三页以上》

683

杉作

我中了BL。这个词如今不说也该知道，BL是Big Lottery的简称，似乎被称为彩票。我想买的东西简直太多，总之先把钱存起来。

傍晚，我在客厅整理数据的时候，杉作过来了。杉作是用于家务的机器人，其实是父亲买的，传给了我，型号已经相当老了。不过它还算结实，这些年与它拥有了许多共同的回忆，虽然我知道它不怎么好使，但还是一直用到了现在。

“晚饭做好了吗？”我问。

“晚饭，快好了。”杉作回答，顿了顿，它继续道，“我有话要说，能听听吗？”

“怎么了？”我问。

“请给我买新的信息卡。”杉作说道。

“啊？”我很奇怪。

“我的基本数据已经是23年前的内容了。”杉作有些怨气地又说，“当然，因为我有学习回路，所以我能主动获取新信息和新知识，修正已有的数据。但是我学习的余力已经所剩无几。而插入新信息卡的话，能比现在适应得更好。请给我买新信息卡。”

……

“主人曾与我约定过的。”杉作理直气壮地说道。

“约定？”我更纳闷了。

“是的。十四年前，我请您买新信息卡的时候，您说价格太高了实在买不起。”杉作解释道。

“我说过吗？”我确实没什么印象了。

“当时主人与我约定，假如中了BL就给我买。您忘了吗？”杉作很不高兴了。

……

说起来，好像是有这么回事啊，我想起来了。

“约定就是约定。”杉作进一步说，“主人这次中了BL，请为我配备一块新信息卡。”

……

“请买给我。”杉作再次说道。

“真头疼啊。”我抱住了脑袋。

即便拥有基本数据和学习回路，能获取新信息和新知识，但像杉作这样老的机器人就必须依靠插入新信息卡来维持正常工作——这种型号的机器人早就过时了。现在除了基本回路之外，机器人都采用交换部件的方式来获取信息。虽然，旧型机器人的零件都是精打细做的，但大约十年前就已经不再生产新信息卡了。

我把这一情况跟杉作说明了一下，但杉作寸步不让，还说：“请给我订购现代用的新信息卡。”

它说：“您和我约定好的，中了BL就给我买新信息卡。”

怎么才能让它理解呢？我烦躁不已：“现在的生产厂家已经没法造这东西了，特意定做的话，什么都得从头开始。老的生产系统都已经没了，懂不懂？BL那点奖金根本负担不了这些啦。”

“约定就是约定。”杉作根本不理会我的理由。

“就算约好了，办不到的还是办不到啊。”我说道。

“即便如此，约定就是约定。”杉作坚持道，“这样的话，请在BL的奖金办得到的范围内解决。请帮我找到目前我还能用的最新型号的信息卡，至少让我能在新信息卡里更新数据。”

“好吧，我试试看吧。”我答道。

要淘这种老卡可有得受了。而且，哪怕能顺利弄到，那之后的更新还是一片空白。

“拜托了。”杉作恭敬地低下头去，“我很结实，还能为主人工作二三十年。甚至能工作到您的子辈和孙辈。因此，请为我提高性能，哪怕是一丁点。”

“嗯，知道了。”我点了点头。

“今后，我每天会来向您确认进展。”杉作还说，“那么，我去继续准备晚餐了。”

它出去了。我思考起来，对我而言，把杉作处理掉或者卖掉，这是办不到的。它也相当于父亲的遗物。而今后的二三十年间，杉作会以越来越脱离时代的状态继续工作下去吧！

我想：过去那些制造和出售家用机器人的厂商也好，致力于机器人模型改造的人也罢，肯定做梦都想不到机器人和人类之间会产生如此微妙的家庭关系吧。

（平成十一年五月二十九日）

说实话，这种情况是不会发生的吧？为了避免这种情况，制造商们应该会事先在维护系统上下点功夫，我相信他们会这么做的，不过这种信任真的靠谱吗？

但是，令我写出本文的原因是，我觉得许多人都有类似的惨痛经历。本来，我是那种一有新事物出现就会趋之若鹜的人。要是看到略超前于时代的产品，即便经济上多少有点困难，也会咬咬牙买下来。因此，什么电动玩具啊、八毫米摄影机啊、录像带啊……我真是吃了无数次亏。

直到妻子发病。在那之后，我不再追逐什么新产品，一边与迫近的死亡赛跑一边拼命挣钱，从而完全成了个落伍的人。不过我也并未因此而后悔，万一到了“一夜回到解放前”的状态，我再奋起直追就是了（追不追得上就非常难说了）。

一句话，我想表达的就是：早早入手领先时代的产物，判断错误的话就会很麻烦。

当然，我脑中盘旋的还有小松左京氏[①]的早期名作《无尽的债务》。不过故事的始末几乎都不一样，还望谅解。

收录于《日课·每天三页以上》

①小松左京氏：日本小说家，与星新一、筒井康隆并称“御三家”，是日本科幻文学界的代表作家。

699

时光机着陆之地

与其说 X 博士是天才不如说他是秀才。然而他又不是个简单的秀才，应该说是秀才中的秀才吧。正因如此，他比任何人都更快地造出了时光机。成功的秘密就在于：念力。

迄今为止的时光机研究都是顺着机械或是能源等路线在摸索，而 X 博士在这基础上终于找到了正统的解决方案，即加入了超能力要素。

博士通过参加开发超能力的讲座，以优秀的成绩获得了念力一级资格证书。于是，他制造出来的就是：能够设定目标时代，并依靠念力来触发开关的时光机。

出于安全考虑，这台时光机还带有物体重合回避装置。由于和其他物体重叠会引起大爆炸，因此它会自动选择空旷的空间，在高于地面五十厘米的空中实现实体化，随后再着陆。机器下方安装了气垫，能减少冲击力。不过，要说空无一物当然还有空气，但空气之类的气体和固体、液体不同，实体化时可以忽略不计。

博士分别进行完一小时和两小时的小规模时间旅行测试后，决定开始正规的实验。他决定去二十世纪末。二十世纪末，是文明发生巨变与激荡的时代。为了能亲眼目睹，他打算去跨世纪前夕的——1999 年。

慎重的博士还去学习了那个时代的时事和语言。只进行睡眠学习总让他心有不安，因此得从最基本的内容学起。博士拥有超群的学习能力，这点对他而言并不算吃力。做好万全准备时，博士才刚满二十八岁。毕竟是秀才中的秀才啊！

出发的日子到了，博士把这乍一看像大型摩托车（当然也能骑它上路）的时光机运进用念力遮蔽板密封起来的建筑物中。发动时光机使用念力时，必须阻隔来自四周的繁杂念力。若是流入了干扰的念力，机器就没法工作了。

博士设定好时代，集中念力触动了开关。时光机实体化后，咚的一声着陆了，这是个很大的庭院，却不知是谁家的。机器虽然会飞到所设定的时代，但却会自动选择相对空旷的空间实施着陆。

房子里有人出来了，是个貌似很顽固的老头。

“怎么回事！怎么把摩托车骑到这儿来了！无法无天了！”老头怒吼起来。

“这是时光机。”博士解释道。

“时光机？那种能穿越时空、痴人说梦的废物？吹牛也得打个草稿！”老头嚷道。

“是真的，时间航行理论已经证明了时光机的可能性。现在您看到的我……”博士打算举出理论和公式来说明，可老头听都不想听。

“闭嘴！闭嘴！少废话！”老头咆哮着，接下来又突然缓下来说，“总之你这是私闯民宅。我是报警呢，还是暂时把你扣在这里反省呢？”

“那个……我反省。”博士回答。

报警的话，自己在这个时代既没户籍又没住处，要是被当成什么罪犯进行审问，事情就更糟糕了。暂时跟老头说自己要反省，回头再找机会逃走比较好。

“行，那你暂且给我好好反省。你的摩托车得让我先扣下再说。”说着，老头转身进屋拿了条粗粗的链子出来，打算用它把时光机的车轮和院子里一棵粗壮的树拴在一起。

“请住手！”博士想制止老头。

“蠢货！”老头大喝一声，抓住博士的身体，把腰一拧，博士被抡倒在地。

“别瞧老夫年纪大，还是柔道四段呢！”老头冲他抬了抬下巴，“你这种纸片片一样的小子哪是老夫的对手！”

“……”

“总之你就在这儿反省一天，老夫会送水和食物来的，好好想想啊。”老头回了屋。

博士思考起来，不过，他考虑的是怎么从这里逃出去。时光机的车轮虽然被链子拴在了树上，不过时机器会虚无化，应该逃得出去。博士骑上机器，设定为原来那个时代，发动念力，启动开关。

什么都没发生，时光机根本没有运转。博士意识到了，那个老头在家里。要是老头正在想着什么的话，时光机就不会运转。

“蠢货。”听见声音，博士回过头去，只见老头拿着木刀站在眼前。

“你在干什么！这是要去哪儿啊？就这么拴着链子还不老实吗？”老头嘲讽道，“你想说因为是时光机所以逃得掉吗？蠢得要命。才不会有什么时光机呢。老夫才不承认有这种东西的存在。”

博士只得一屁股坐回地上。

这故事还远远没进展到可喜可贺的大结局阶段。

老头脾气很古怪，并且对自己的腕力似乎颇有几分自信，所以没有把博士绑起来的意思。他允许博士进屋，傍晚会送去面包和水，让博士睡在空闲的房间里。

老头说：“老夫多少会点颅相学[①]，怎么看你都像个暴走族，不过面相还不错。老夫就把你留在家中当个书生好了。你每天得认真学习，把地址报上来，老夫会给你家人写信说明情况的。”

博士没法告诉他自己家的地址，因为在这个时代他根本没有联系方式。

“不说吗？明白了，你是离家出走啊。”老头自言自语地给出了结论，没再多问。

就这样，X博士在这小有资产的独居老人家中做着书生，每

---

①颅相学：这种学说主张大脑是精神活动中对应的多种器官的集合体，器官、机能的差异会反映在头盖骨的大小和形状上。十九世纪一度很兴盛，但随着大脑生理学的发展，后被证实为伪科学。

天打扫卫生，用老旧的洗衣机洗衣服。

老头从不外出，要外出的事全交给博士去办。

时光机被拴在家里，外出时什么也干不了。即便外出买东西，博士也在一个劲儿地学习，因此他不太擅长与人打交道。那副逆来顺受的样子，倒是令附近街坊都觉得他是个淳朴的好青年。

不用说，趁老头睡着毫无杂念时，博士好几次跑去院子里打算乘时光机逃走。然而深谙武道的老头每次都十分警醒，立刻就把博士抓了回来。

十天，二十天，一个月过去了。博士每天从老头那里学习柔道、剑道、颅相学和古典文学。他还是第一次学习这些东西，不过还学得有模有样的，老头对他也越来越欣赏，不愿放他走了。

必须得想想办法，可博士什么都做不到，只能任时光匆匆地流过。

之后会怎么样呢？笔者也不知道。

（平成十一年六月十四日）

本希望读者能轻轻松松地来看这个故事，没想到也颇费一番功夫。

不仅限于科幻，假如作者随便做个设定，然后顺着它唰唰地写上一气，任其剧情自由发展，虽然会乱糟糟的但也会挺好玩儿吧。然而，作者要是没点本事就会一发不可收拾，最后以失败告终。我是没那种才能的，所以经常采用如下的方法，即：

第一，洋洋洒洒、拖拖拉拉地行文，想到什么写什么。

第二，全部写完之后，该留的留、该省的省，理清伏笔脉络，从头再写一遍。

不过，真这么来一遍实在太麻烦，所以我会先在脑海里或便条上梳理脉络。然而，即便如此，也仍然有不成功的时候，不知这篇故事会如何？

顺带说一下，妻子对于命名、小道具或是点子之类的事情，常常不走寻常路，而莫名其妙地喜欢那些稀奇古怪的事物。从这个角度来说，这篇故事或许还是太规矩了吧。

收录于《日课·每天三页以上》

711

啰唆病

“世风日下，这可不行啊！”C 氏说。

他接着又说道：“不行。”

过了会儿，“世风日下可不行。”又重复了一遍。

“那毛病，还是改改比较好哦。”夫人开口了。

“什么？”C 氏看看夫人。

“一句话说几遍的啰唆病。”接着，夫人指出，“虽然以前你也会犯啰唆病，可这次重复了三遍对吧？好多人两遍就嫌烦了，你要来上第三遍，人家肯定会嫌弃地想：这人是不是老年痴呆了啊，啰唆个没完。”

“……”C 氏沉默了。

为了强调，他把一句话说上几遍，是很早以前就有的习惯。不过回想一下，最近几年重复三遍的次数的确变多了。若是被别人这么说上三遍，自己肯定也会觉得不快甚至烦躁吧。

“反正改不改是你的自由。”夫人说。

“明白了。”C 氏点点头。

“明白了啦。”接着继续，“明白了。”

“……”意识到夫人露出了苦笑，C 氏闭上了嘴。

C 氏决定实施自我控制。但是，毛病这种东西可没那么容易改掉。他回过神的时候，不知不觉地说：“所以说，我很头疼啊”“真头疼”“太头疼了”之类……

“认真去干就行了。”C 氏又说着。

“要认真去干哦。”

“认真地”之类……

这是又犯病了。

夫人提醒过之后，C 氏养成了察言观色的习惯。原来如此啊，眉头微微皱了皱，或是嘴角稍稍歪了歪的人还真不在少数。年轻一辈里，甚至还有人默默向他投来饱含冷笑的目光。

得想想办法改变这种情况才行啊，C 氏思索着。

其实，别人的看法不是太重要，但 C 氏也不想被人当作老年痴呆。然而，不论多注意，他总会把同一个意思的话说上几遍，真是束手无策。而且，这种反复会给对话形成一个套路或定式，令他怎么都没法压制住啰唆的冲动。

C 氏仔细思考起来，他最后得出的解决方案是：得找一种不会给他人造成不悦的说法来替代重复一句话的毛病。这样就不会让自己感到意犹未尽了。

一天，C 氏跟几个比自己年轻的人边喝酒边讨论这个问题。

“真是的，现在的家长太天真了。”C 氏说着。

他强忍住想说“太天真了啦，太天真了”这两句话的冲动，说了句“南无阿弥陀佛”。他吸了口气，接着说:“南无阿弥陀佛。”

“C先生，您最近常念佛呢。”一个人说。

“是皈依佛门了吗？”另一个人问。

“也没这回事啦。”C氏回答道。

他没继续“没这回事，没有这回事”，而是说，“南无阿弥陀佛，南无阿弥陀佛”。

对于这种回答，现在夫人没表示出什么不满，大概是她认为找不出什么说法比这更合适的了。

于是，C氏打算就这么保持下去。不论出于什么动机，念佛就是念佛，应该不会受到惩罚。

（平成十一年六月二十六日）

对我这样的老人而言，这并非与己无关。我通常会为了强调某件事而翻来覆去地说。不仅反复说，在开会等场合，一不小心还有种强调之前自己发言的冲动。烦人也好，越来越痴呆也好，即便被嘲笑也是无可奈何的事。我能做的也只能是自己多加注意了。

这个C氏，像故事中所写的那样选择了此种逃避方式，可还有比“南无阿弥陀佛”更好的台词吗？有的话，这故事就得“举白旗”了。

收录于《日课·每天三页以上》

735 Loud Land

咔嚓——

嗯——

因为宾馆要打扫房间，我被赶到附近的公园来了，所以现在开始用口述录音来写稿。不过腹稿已经打好，只需用语言组织一下，之后再重放一遍誊到纸上就行了。

不过，这公园还真烦人，又是小孩子跑来跑去，又是旁边小学里传来的广播声，街道上有车在鸣警笛，上空还有飞机呼啸而过——就是这副狂态。而且，这周围的长椅上还有人，让我没法大声说话。

但是时间宝贵，这就开始录音吧。来到这儿总算是想到个能用来写故事的点子。

目的地国据说发生了政变，我决定先停留在转机的国家等待消息。这个国家名叫 Loud Land。很稀罕的是，这周边的国家都可以免签出入。而且，我跟他们还语言相通。

目的地国貌似只是一时闹了政变，在这儿呆个几天也就差不多了吧。订好宾馆后，我坐上了出租车。机场大厅里的 BGM[①]非常闹腾，烦得要命。而坐上出租车之后，不知是摇滚还是什么的音乐又吵闹着响了起来。

“声音还挺大呢。”我试探性地问了司机一句。

“那是，这可是上好的扬声器。”司机平淡地说。

宾馆大堂里也吵得很，那流动在空气中的 BGM[①]好像要压制住人们的高声谈话的嘈杂声。与其说是流动，不如用回荡这个词来得更贴切吧。

我走进宾馆的房间。房间里也有音乐声，烦死了，我想把这音乐给关了。可房间里虽然有调节音量的刻度盘，但似乎没法把声音完全关掉。我给前台打了个电话，询问是否能让我的房间静音。

前台负责人来到了我的房间说：“我国法律是禁止关闭音乐的。假如不制造出声音，人类就无法接受刺激，思考能力和行动能力就会减退，因此所有场所都必须有声音。接受一定程度的声音刺激，对精神和身体都有好处，这就是我国的法律。”

既然是国家法律，那也没办法了，我放弃了努力。然而，音乐是没法自己控制的，过了会儿就变成了类似民族音乐的奇怪调调。这么下去我真是没法集中精神来思考了。

有没有稍微安静点的地方呢？这家宾馆的后面好像有条河，

---

① BGM：即 Background Music，背景音乐。

还有个大公园，就去那儿思考问题吧。

我把资料装进包里走出了房间，穿过交错着汽车警笛的噪音群，我绕到了宾馆的后面。眼前出现了一条河，然而河边有一长串露天小店，杂七杂八的喧闹音乐声迎面而来。

这可不行，我走进了公园，公园也一片嘈杂，不知从哪儿流出了音乐声。

还得往深处走，我穿过树林继续前进。终于，找到了一块还算安静的地方，还有长椅。我在椅子上坐下，从包里取出资料。

而就在此时，出现了两名警官。这两名警官每人腰里挂了个便携收音机，锵锵的音乐正从里面震荡出来。

“为什么不发声音？”一名警官说。

“你应该带了能发声的东西吧？为什么不把声音放出来？”另一名警官说。

“可是……”我看着他们。

“你没带收音机之类的放音设备吗？”一人说。

“我没有这种东西。”我回答。

“这样啊，那就是有预谋的不发声罪，我们要逮捕你。”这名警官说完，抓住我的手腕戴上了手铐。

“怎么可以这么乱来啊！我是外国人，从来不知道有这种法律。”我抗议道。

“不管你知不知道，犯罪就是犯罪。念你是外国人或许能从轻发落吧，不过要先跟我们到警察局走一趟。”

“请你们告诉我……”我一边被两名警官架着，一边问，“这是为什么？为什么这个国家所有的人都必须发出声音？大家还能平心静气地接受这种法律啊?!”

“声音会对身体和心灵产生刺激。为了国民的健康，必须让大家始终置身于充满声响的环境中。”一个警官回答我。

另一个警官又对我说：“当然这是对外的说辞，你是外国人，那我就告诉你，人类在安静的地方思考问题时，满脑子都是对社会的不满或是颠覆政权这些坏念头。不能让国民产生这种想法，这就是原因。”

“对这种麻烦的法律，我们自己也早就吃不消了。所以大部分人在一人独处的时候都会戴上耳塞。”另一人也接口道。

几个小时后我被释放了，果然因为我是外国人的缘故吧。吃了亏的我（偷偷）打听到了卖耳塞的商店，度过了在这个国家剩余的几个小时。当然，为了了解目的地国是否压制了政变，我还是拔了耳塞，在一片噪音里听了听电视里播出的新闻。

原来如此，应该说是为了不让人们思考问题，才让整个国家充满噪音吧！可是，假如国民思考的总和不断降低的话，国家自身的命运也就危在旦夕了！

离开 Loud Land 飞往下一个目的地的途中，我忍不住这么想。

这公园真是越来越吵了啊。这回过来几个年轻人，开着卡带录音机跳起了舞。

不知那段叙述有没有录清楚，也可能重播的时候发现，拜噪音所赐，我压根儿就听不见录了些什么吧！

但是也没有办法了，到公园附近找找有什么好吃的吧。咔嚓，我关掉了录音机。

（平成十一年七月二十日）

“这家伙，这么干有什么意思吗，直接在键盘上打字不就完了，口述个什么劲儿”，肯定会有人这么说吧。

要说原因，其实，我曾经在旅行时，手拿卡带录音机将自己的所见所感口述录下来。当年，听到电视转播员说“这儿景色真美”或是“这场景好像能让人回忆起孩童时代”之类的话时，就觉得好烦人，可是，我扪心自问是否能给出个确切的描写呢？那就修炼一下吧。

这对写小说肯定是有帮助的，于是我便开始了这样的尝试（暂不提是不是有效果）。这么一试我发觉，能用口述来创作不也挺好吗？用键盘来写文章，我是想也没想过的（直到现在我都是手写）。

以上，解释完毕。

听说很少有像日本人那样，会把嘈杂的音乐当作一种服务，并且还不会因此而发怒。当然，这说法是真是假就不得而知了。那么，干脆一不做二不休，设计个不出声就犯罪的国家如何？这就是出发点。

可是，“睡觉的时候怎么办呢？只要塞上耳塞就行了？”“婴儿怎么办呢？能不能训练呢？”“听觉障碍的人会增多吧？”之类的问题又该怎么解决呢？真要深究起来可就问题一大堆了。只因这是短篇小说，所以上述的都不必写了，而作为文章的构思来说或许只能算个次品吧。不，这样就行了，就当它行好了。

收录于《日课·每天三页以上》

770

梗概 8·24

到退休的年纪后，未能再就业的男人无可奈何地过着坐吃养老金的生活。子女们早已独立，省着点也就是他和妻子两个人过日子，退休金则存着以备不时之需。

男人每天都沉浸在日常生活中，世道虽然越变越快，但只要按着自己一贯的步调生活，倒也没觉得有何不便。男人相信，只要保守着这份安详生活便不会有问题。

某一天，男人在家附近的地方遇到了一个奇妙的人，跟孩子一样的身高，脑袋很大的四头身，样子十分古怪。然而，对方像理所应当那般跟男人打了招呼。

那天夜里，看电视的时候出现这么一条新闻——那些身材矮小的四头身，不知算不算人类的家伙们正一个个悄然出现在镇上。

他们总是单独出现，当你回过神时，他们已经在你身边了。每人的打扮都不一样，不过都会与人随意地搭话，你要跟他讨论

问题他也会配合你，但他们不会主动干涉你的个人生活，始终保持着一个旁观者的态度与人相处。

关于他们自己，除了自称“阴天者”之外，不会再多讲。

阴天者——不知他们到底是何方神圣。

通过报纸，男人又多了解到一些事实：自称“阴天者”的他们，据说完全不会受到地球人的影响。据报道，打他们的人自己也会感到疼痛，撞他们的人自己也会被反弹出去，而且世界各地都出现了他们的踪迹。

男人在自家附近又碰到一个阴天者，与之前见到的那个属于不同风格的。反正也有空，男人就跟那阴天者坐在巴士站的长椅上闲聊起来。对方非常健谈，据说他们每个人都有着不同的个性。还说，因为人类这儿很有意思，所以便来了。

突然一番咒骂声传来，男人和那阴天者都回过头去。三个年轻男人站在他们面前，

“你们，是入侵者吧？”领头的人吼道，另两人也叫起来。

“好像是从别的国家来的呢。”其中一人说道。

“滚出地球行不行啊？”另一个人也喊道。

阴天者温和地制止他们道：“好啦，好啦，我们并无意干涉你们的生活啊，当我们不存在就行了。”

“太碍眼啦！”领头的那个人喊了起来。

“给我滚！”年轻男人们嚷嚷着，把阴天者团团围住，并一起伸手扭扯他。

但是，哭爹喊娘的却是施暴的这方。他们抱着脑袋缩成一团，阴天者则淡然地站在原地。

年轻男人们逃走之后，阴天者笑了笑说："我们身体周围有一层薄薄的肉眼看不见的防护罩，施加在上面的力气会原封不动地反弹回去，就连子弹也是如此哦。"

阴天者的数量越来越多，有人的地方就会有他们的身影。他们并不会妨碍人类的生活。人类不论说什么，他们都会礼貌地回应。

人们逐渐习惯了阴天者的存在，即使他们在场也不会在意。没错，阴天者的存在已经成了日常的一部分。

一开始，男人很困惑，最终，他也就安心了。阴天者在还是不在，日常生活都会继续下去，这是很明显的事实了。整个世界就跟以往一样转动。阴天者的存在没跟任何东西扯上关系。

然而渐渐地，男人略微躁动不安起来。阴天者在附近出现，本来就是个非日常的现象，而现在却变成日常了。总之是和过去有些不一样的，因为这并不是自己所信奉的日常生活。

反阴天者运动正在四处蔓延，人们召开排斥阴天者的集会，搞起游行。阴天者则总会出现在现场，目睹这一切。

一天晚上，男人从偶遇的阴天者那里得知，只要你想，人类也能成为阴天者。

"变成阴天者，就能不吃不喝，只要到处游荡就行了哦。"一个阴天者告诉他。

那个阴天者说："很轻松的呢，我们有这种装置。只要你进入它，就能变成阴天者。最开始的时候，隔几天要从阴天者变回人类，之后再变成阴天者，这样反复半年，就能一直保持阴天者的样子了。接下去你自然而然就会知道关于我们的一切了。"

可是，男人拒绝了。谁想成为这种莫名其妙的东西啊。

变成阴天者的人类正在增加，世间的活力正在逐渐减退。熟人们一个个失踪，大家都变成了阴天者，并随之放弃了以前的生活。人类社会陷入了劳动力不足的境地，托他们的福，男人得以再就业了。

今天，男人也在妻子的目送之下去上班了。他走在满是阴天者的街道，坐上电车，往公司前进。男人与阴天者们一起在电车的座位上摇摇晃晃。这到底是日常还是非日常，连男人自己也分不清了。

（平成十一年八月二十四日）

每天写短篇故事的时候，我老是想把它写长一点，写个足以出本书的故事。写短篇时，我总有种无论如何也写不完的感觉。对我来说，碰到这种情况通常是同时来写的。不过所谓同时，也只是暂时把这一头继续写下去，或是集中精力对付另一头。

一天写一个故事以来，这种做法就越来越困难了。每天必须交出一篇的话，就得小心别写成长篇的开头。为了给人留出喘息的空当，我总是担心会写得支离破碎。

但是，我真想写得长一点。那么，干脆就只写个梗概好啦，我想。于是写出来的就是这篇东西。有人会说，超短篇小说不就是类似梗概的东西吗？

我觉得不一样。这篇就是证据。好好地把这篇故事往细里写的话，会写成长篇，或是接近长篇的中篇吧！并且，我在脑中构思出了世间阴天者化之后不可思议而宁静的氛围，不也就能表现出来了吗？但是，这样倒也有点古怪的趣味就是了……

其实，我也搞不懂了。

接着，说到这“8·24”，只是指写这篇小说的时间是8月24日而已。

还要加上的一点是，对于仅有个梗概的写法，我总感到意犹未尽。我曾经打算把另一个故事归纳成完全类似策划案的创作笔记，放到一个月之后去写，然后以连载短篇的形式坚持写上四天，但我怎么都没那个耐心，最终放弃了。

妻子知道我想写长篇却没法写，而只能毫无怨言地默默看着我的故事，内心恐怕是很复杂的吧。

收录于《日课·每天三页以上》

774 短讯播报

到了退休年纪之后，X 氏未能再就业。当初准备录用他的公司在他退休那天倒闭了，之后，他虽多方奔走，但最近各公司都在裁员，哪儿都不要他。

某天，某个不知名的协会打来了电话，这协会听都没听说过。

不过对方似乎在 X 氏还没退休时就认识他了。那人说："我们很需要您那诚实的说话方式和沉着的声音。并且，这不是真正意义上的工作，只是打工而已，可以的话能助我们一臂之力吗？具体工作内容和相关事项，我想跟您面谈。"

怎么听都很可疑，然而，总比每天游手好闲要强吧。X 氏出门去见了那个人。

协会的人跟 X 氏聊了很多 X 氏没退休时和关于他公司的轶事。X 氏对此当然记忆犹新，但听到与对方相遇的事情时，他却一点都想不起来。

“其实，我们想拜托您做的就是给留言电话播送短讯。”那个人切入了正题，“我这里有一份电话号码清单，共五百条。机主的信息不便透露给您，请您遵循这张清单依次给他们打电话。从您自家打还是用公用电话都无所谓。但是，请记住，如果对方接了电话，请一句话都别说就直接挂断。明确是留言电话之后，再将另一份列表中的语句以报道的严肃口吻念出来。同一个地方可以多次打电话过去，短讯也可以任选，不过假如您的电话被跟踪到以至于被逮捕，我们协会将不承担任何责任，请您知晓。”

“请等一下，你的意思是这是违法行为吗？”X氏问。

“嗯，算是违法的吧。”对方点点头，“不过就跟恶作剧一样，没什么大不了的。另外，您在进行这项工作期间，我们每周都会支付工资。这样可以吗？”

说到金额，还真够多的。

“就算这样……再怎么像恶作剧……”X氏有点不情愿。

“担心的话，您先看看要播送的短讯内容如何？这种程度的恶作剧真的不算什么呀。”那人解释道。

于是，X氏打开了那本短讯集，似乎是打印出来的。短讯的数量好像真是五百条。

内容大致如下：

宇宙舰队802军于昨天14时返回地球，以艾斯贝拉特司令为首的全体成员状况良好。

联合国已查明南美秘密基地皮阿萨的存在，请尽可能迅速疏散身处皮阿萨的人员，并实施爆破。

超能力者联合组织正在图谋计划占领月球，若不提前摧毁该组织，事态将无法控制。

X-2041 号新型机器人逃脱，据称已与越狱机器人的地下组织会合。请火速将 X-2041 号新型机器人的相关数据送到。

X 氏笑了出来，说：“你是指把这种东西播送到留言电话里吗？”

“没错。”对方重重地点了下头，“请当成是真事，严肃地念出来。您是否确实在工作，确实在播送，我们可都会一直监视着哦。”

真不像是成年人的工作啊！可 X 氏还是干了起来，只不过，这明显就是恶作剧，还是别用自家电话比较安全。于是，他决定用公用电话，并尽可能用离家远的公用电话来工作。

刚开始的时候，还真是很好玩。X 氏偶尔用沉重的语调，偶尔又用紧迫的语调接连给留言电话播送短讯。就这样过了一周，说好的费用以现金的方式邮寄到了 X 氏的手里。

究竟是谁为了何种目的来让人干这种事呢？ X 氏完全没有头绪。做这种工作还能得到报酬，这就更想不通了。

不过，X 氏继续干着。干得挺愉快，而且，钱也分毫不差地寄到了手里。说不定，这其实是在发暗号，X 氏有时会这样想。要不然可能是未来的人们用过去的留言电话在传达什么信息——有时他也这么想。

但是，管他呢。今天，X 氏照常从家里出发，坐上电车，去一个从没去过的地方，用公用电话播送短讯。就从列表上最喜欢的那条短讯开始今天的工作吧。它是这么写的：

潜入地球的海达尔人，将人类一个个变成了章鱼。这些章鱼仍保留着人类的意识，用一定的方法处理过后还会恢复成人。当下，请各位不要食用章鱼，也请不要捕捉章鱼。

（平成十一年八月二十八日）

想必大家也能明白，这个故事想以荒诞无稽的短讯来博众位一笑。不过，也会有人说，“一点也不好笑”，或者“这不都是科幻风格吗，科幻有什么意思”之类的话吧。那也没办法，反正妻子是笑了。

到底是什么协会会让人播这种短讯呢？为什么要雇人去干这种事呢？认为这种做法很合算的理由又是什么呢？——大家肯定会有这样的疑问。作为回应，就像本文中写的那样，我提到了暗号通信，或是穿越时空的传话，等等。

不过最最贴切的说法还是一种期待蝴蝶效应的作战方式吧，但解释蝴蝶效应又很麻烦，所以我干脆就没写。拿蝴蝶效应说事儿的怪谈或电视剧也不少，恐怕会被人嫌弃在炒冷饭吧。于是，也压根儿就没出现这字眼。

还有一种说法是：“那么容易就提到‘合算’之类的字眼，人家很可能会把你当成拜金主义者哦。”

收录于《日课·每天三页以上》

824 虚空的一年

1月

我在镜子前坐下，旁边的女人开始巧舌如簧起来。镜中的自己，只有从两耳上方到后脑勺的地带还留着头发。

过去当然不是这个样子，浓密的黑发顺着额头斜斜地披下来，不是我自夸，还真是英姿飒爽呢。不过后来头顶开始变薄，逐渐发展成了蓄水池，接着成了开拓地，最终前面的头发也掉得差不多了。

我没戴假发，这年纪就该是这样，我算是放弃努力了。

“没关系，能行的。”女人说。

研究生发的某研究所人员开发出了具有跨时代意义的生发剂，他们希望让我作为非正式的实验对象。

会选上我的原因之一是，我是个偶尔会抛头露面的小说家，这效果大家都能有目共睹；原因之二是，如果我满意，就能帮他们写两篇文章美言几句吧，看来就是为了这两点。

研究所人员那番颇为“科学”的说明，我虽然是一点也听不懂，不过看似还是有点用的。

“我们要再收集一点数据，调整一下成分，就从下个月开始实验吧。”女人说。

2 月

他们给了我一个装了一个月份量的药瓶，要我每天早晚刷满整个脑袋。

“效果应该很强劲，每天大约会长三毫米长的头发，发根也会逐步长出来。”一个女人说。

3 月

效果还没出来，但头皮好像已经进入准备阶段了。

4 月

太惊人了。早上起床一看，整个脑袋都变黑了，是头发。并且，一天，两天，头发越长越长了。没长出白头发真是太好了，如果是白发的话还不得不去染一下。

过去我曾读过某个作家的超短篇小说。那故事里说头上长出的头发其实是植物，不得不染颜色，并且它们生长非常凶猛，光是剃头就累死人了，幸好我长出的头发很普通。

听研究所人员说，头发长到一定的长度就会自然脱落，到时还会长出更多新头发，所以让我不必担心。

5 月

我的头发长得垂顺乌黑，就跟年轻人似的。看到我的人全都吓了一跳，还有人说这是奇迹。不过，让我头疼的是，长出来的头发掉得太多了。

测量了一下那些掉发，大都是在7厘米到8厘米之间。研究所人员说，这些发根都是在对头皮的强烈刺激下形成的，即便手不去碰头发，它也会自己掉下来。

6月

糟糕的情况发生了。头发虽然在长，但掉发怎么也止不住。更要命的是，因为长出来的头发超过了掉发，只要把那齐刷刷的头发拢在一起，就会不停地往下掉。

我去跟人会个面，不知不觉桌子上就掉了几十根头发。写作时稍微挠挠头那就够呛了，啪啦啪啦，头发层层叠叠掉了一桌，得用手扒拉开才能让稿纸露出来。

研究所人员说，可能的话，请每天早中晚各洗一次头。

7月

人们纷纷开始对我敬而远之。我只要一动，头发就会啪啦啪啦地散落下来。可头发还是疯长个不停，而长到七八厘米时，它们又都掉了。研究所也没想到事情会变成这样，于是断了打算把我作为宣传资料的念头。

8月

掉发地狱。

我甚至没法好好地用餐。吃饭时，得用块布遮着餐桌，飞速地把要吃的菜夹起来塞进嘴里，随后再把布盖上，可布上已经全是头发了。

9月

真是忍无可忍了。我跟研究所商量之后，决定停止用药。

10 月

我的脑袋迅速恢复到了以前的状态。

11 月

生发剂的影响完全消失了。

12 月末

我一个人坐在电视机前，近处没有放镜子。因为一看到自己的脑袋，我就火大，就空虚，就不开心。

电视里正在播放古典文学的讲座，是《平家物语》①。电视里讲着“骄奢之人必不长久，唯如春夜短梦；蛮武之人终将灭亡，宛同风前微尘”。我换了个频道，虽然这话看上去好像与我无关，可我就是不想听到。

（平成十一年十月十七日）

①《平家物语》：成书于 13 世纪（日本镰仓时代）的军记物语，作者不详，记叙了 1156—1185 年源氏与平氏的政权争夺。原称《平曲》，又称《平家琵琶曲》，为盲艺人以琵琶伴奏演唱的台本，只有 3 卷。后经说书艺人传唱、补充，加之一些文人的校勘、改造，在 1201—1221 年初步形成今传的 13 卷本。

我年轻的时候，或者说从少年时代开始，就被人告诫要爱护头发。听说父亲在二十五岁左右时，大半的头发就没了。起初我并没把这当回事，三十几岁的时候，有人给我看了一张我从大楼里走出来被人从上面俯拍的照片。头顶真是只有薄薄一层，像个蓄水池。

之后我用过各种养发剂，不知是不是真的有效，反正到了这把年纪多少还留了一点头发，不过全都变白了。以前妻子对我说："不管头发多还是少，跟年纪相符不就行了嘛。"我倒真是不在意了，不过没想到这段过去居然还让我从头发上获得了写作灵感。

这个故事的结尾其实是想表达——再来一次，试试看吧。

收录于《日课·每天三页以上》

828

苍白的棍子

研究班下课了，学生们陆陆续续走出教室，其中一人在门口停下脚步，似乎有点踌躇。

“老师，我有件事想跟您商量一下。”他对我开口说道。

“什么事？”我回应道，那个叫N的学生仍站在门口。

“来，坐下吧。”我指了指手边的椅子，N坐了下来。我自己则坐在了他对面。

“我接下来要说的话可能很奇怪，您大概都没法相信。”开场白过后，N说了起来，“其实……最近，我眼中的人类都只是一根根棍子。”

“棍子？”我很诧异地说道。

“没错，宽度约30厘米，高度跟人的个子差不多，不过是苍白的、圆滚滚的棍子。”

我没有接他的话。

“不过，家人不一样。家人还是平常的样子，可邻居也好，同学也好，在我眼里都是棍子。”他解释道。

“也就是说……在你眼里，我也是，那种，苍白的棍子？”我继续问道。

“实在非常抱歉，的确如此，对不起。”N对我表示了歉意。

“你也不必道歉啦。但是，大家都是棍子的话，你不就分不清谁是谁了吗？”我很疑惑。

“那倒没有啊，凭借感觉或是动作还是能分辨出来的。”N接着说，“而且，虽然我看不出来，但这个人在干什么，手或脚的动作我能感觉出来。当然，声音也听得见，所以总还是能对付的。”

我还是没有发表意见，想听他继续说下去。

“某天早上我起来，就变成这样了。”N有些无奈地说道。

“某天早上？”我问。

“是的，大概一个月以前的某个早上。”他回答。

“从那之后，就一直这样？”我还是有些无法理解。

“一直都是。”N又说，“啊，但是我刚才忘了说，电视或者录像里的人，还是跟过去看到的一样呢。现实中的、家人之外的人看上去就是棍子。”

一边听，我一边回想起N不擅与人打交道这回事。N曾经说，玩电脑或电视游戏的时候比较轻松，不用费什么心机。而且要说一个月之前……那似乎是N求职失败十多次，情绪极度低落的时候。那之后他一直没来研究班上课，直到时隔一个月的今天才再次出现。

“说不定，这是因为你讨厌人类或是出现了人类恐惧症的原因，才导致你变成现在这样的呢。”我说着自己的观点，又问，“然后呢？去问过医生吗？”

“还没有。”N回答。

“为什么？”我问。

“说实话，我觉得还是现在更轻松。对方只是一根白棍子的话，既不会感到对方施加的压力，也不用看对方的脸色。”N说得有些无奈。

接着N把脸朝向我：“今天我要去接受一个面试。这是自从我眼中的人变成棍子以来的第一次面试。是不是不去比较好啊？先看下医生，等我眼中的人都恢复正常之后再去面试比较妥当呢？”

“不过，这么一来今天的面试不就浪费了吗？之后还有什么目标吗？”我问道。

“没有，至少现在还没有。”N有些沮丧。

“那你还是去面试比较好，要是把对方当成棍子看会比较轻松的话，现在或许还是个机会呢。”我劝慰他。

虽然知道自己这话有点不负责任，我还是继续说：“把棍子当成对象，大大方方地说出自己的主张。这样，或许还会收到好效果呢。”

说到这份儿上，我继续加上两句：“不过，会把别人看成棍子这回事，跟面试官当然是要保密的，对其他人最好也别透露吧。说实话，听者肯定会不高兴的，到时候再去看医生也不迟。”

“——这样啊。”N答道，并轻轻地点了点头。

N好像被那次面试内定录取了。听到这个消息后，我问他现在是不是还会把人看成棍子。N肯定了这个说法。不过之后，N按时出席研究班，顺利地毕业了。

新学期开始了。5月，我收到了N寄来的信。

信的内容是这样的：

老师，您还好吗？我正在努力奋斗着。在我坚持不懈去医院的精神科就诊之后，会把别人看成白棍子的这个症状终于消失了。

一周之前的早上，我起床一看，发现人们都恢复了原状。医生说，这是因为我克服了对人类恐惧症的缘故吧。

只不过，因为之前我看公司里的人都是白棍子，现在看到脸也不认得谁是谁，心里还挺忐忑的。必须从头开始记住大家的脸，真累人啊。

不过，凭借进公司以来至今的记忆和感觉，总算还能顺利地判别出来，这点请您放心。而且，最近我了解到，不少人都像我一样，会把人类看成别的东西。我的女同事从进大学起，眼里的人全都是青蛙，不过，现在已经正常了……

总而言之，我会加油的。我还打算来学校看看您，老师也请保重身体。

再见。

（平成十一年十月二十一日）

这个故事里，即便不是白棍子也行。哪怕是过去理发店门口那种柱状标志，或是没有叶子的孟宗竹都无所谓，只不过是个象征罢了。但还是白棍子最合适，这是我的一厢情愿吧！

其实近来，我觉得苦于人际交往的人越来越多了。要说个中原因，很可能会从个简单的问题扩展得一发不可收拾，在此就不赘述了。

话说回来，我好几次把这个故事当作大学的创作演习范文提供给学生。大家的反应各式各样，总的来说，同学们对此并未抱有什么好玩的印象。不过，也不必勉强吧。有好些人问“为什么是苍白的棍子呢”，但我没有再和妻子聊这个故事。

收录于《日课·每天三页以上》

842

最糟的事态

星期五傍晚，得知下星期一要和S先生一起坐新干线出差，我觉得必须想个办法来应对这个状况。

S先生比我大五岁。我们部门虽不相同，但我听说他是个对工作颇为认真的人。然而几年前，S先生成了大家敬而远之的对象。倒不是工作上，是私底下——午休或是上下班时，要不就是大家去哪儿喝一杯时，谁都躲着他。

几年前，S先生的住房在大地震中被毁了一半。现在那间公寓大大整修了一番，S先生还是住回了那儿，听说花了一大笔钱。

地震发生时，S先生正在洗澡，因此他不得不光着身子往外跑。保住了命，也算是不幸中的大幸，可打那之后，S先生就得了"人类不知何时就会遭殃"的强迫症。说得更具体点，他总会考虑眼前这个瞬间会发生何种最糟的事情，并为该如何应对而烦恼不已。即便工作中没有顾上，闲谈的时候也不时会提起。如果只是提起也就罢了，他还会缠着身边人唠叨个没完。

我觉得他挺可怜的。比如在午饭时，他经常说："现在最糟的事态会是什么呢？地震？火灾？还是谁被谁开枪打死了呢？要是真发生了该怎么办呢？"

或是电车中，他可能说："现在最糟的事态就是电车相撞吧？要不就是跟庞大的货车或者装满易爆物的卡车……还真是不应该坐在靠前的车厢里啊。真要这样也没辙了，到时可得赶快趴在地板上呀。"

要是他扯这些话来跟你讲，简直会让你哀嚎"求求你别说了"吧？我必须跟这样的S先生一起，乘三小时的新干线。可得想点办法，治一治他的毛病。下班途中，我好好谋划了一套自成一派的对策。

在新干线的并排位置上坐下，S先生就从包里拿出一样东西吹了起来。

"现在，最糟的事态就是列车相撞了。"S先生说道，"这样的话，小田原提灯[①]是帮不上什么忙了，可运气好的话说不定能捡条命呢。"

S先生吹起来的是个空气枕，而且他一口气吹了四个，摆在身体周围。

列车飞驰着……

"可是，听说新干线的系统强行令两班列车之间保持了很大距离，所以概率更高的事态应该是飞机坠落撞上列车吧。"S先生不停地跟我搭话，"大型喷气式飞机要是掉下来的话，你觉得我

①小田原提灯：可以纵向压扁收拢的折叠式纸灯笼。

们该怎么办？是躲在坐席旁边，还是趴在地上？”

“可是，撞车也好，坠机也好，发生这种事故的概率也太小了吧？”

听我这么一说，S先生摇了摇头，说：“概率再小，也不代表等于零啊，彩票你买过吧？你总是相信中奖概率不为零的吧？”

忍不下去了。我决定拿出事先准备好的对抗方案来还击。

“假如无关概率大小的话，那么您说的这些事态还算不上最糟的，不是吗？”我说。

“别的还有什么？”S先生问。

“比如这个瞬间，有颗巨大的陨石落下来砸在列车上怎么办？”

我又说：“比如地球被小行星撞了怎么办？比如发生核战争了怎么办？比如太阳变成新星[①]了呢？比如某国的细菌武器或是毒气泄漏了呢？比如全宇宙都完蛋了又该怎么办？”

“这种事情基本不会发生啦。”S先生说道。

“为什么？概率不为零吧？”我问。

“这个嘛……”S先生有些无话可说。

S先生沉思片刻后，耸了耸肩说，“这可就没办法了啊，根本就防不胜防啊，只能等死了。要是我死了，那就死了吧，反正死了之后，一了百了，什么都不知道，也什么都无所谓了。”

“是吗？那这么说吧……星期六我借了录像带回家看，是个恐怖片，说吸血鬼和僵尸什么的……该叫不死身吧。死了也像活着似的呢，假如您成了到处游荡的不死身，又会怎么样呢？”我

①新星：某些星星通常很暗，突然会爆发出比原来的亮度强几千到几百万倍的光，称为新星。

继续说道。

“这……这些都是假的。”S 先生无法回答了。

“为什么？世界各地都有类似的传说呀。现代科学虽然对此表示否定，不过现代科学也解释不了所有的现象啊！真有这回事也说不定呢。”我的目的快要达到了。

S 先生没有再往下说什么。

“要说科学上还没证实的事情，还真多着呢。外星人，可能已经来到地球上了。现在要是外星人打过来了该怎么办？幽灵和妖怪或许也是存在的，要是被幽灵或妖怪抓住了该怎么办？还有异次元世界吧，您要是突然被丢进异次元世界了呢？对了，还有时空穿梭，要是穿越了时空，永远留在几百年前的时代了怎么办？不不，要是去了更早的绳文时代[①]或是弥生时代[②]怎么办？如果回到地球大气还没氧气的时代怎么办？回到地球还没形成的时候，您怎么办？”我一口气说了很多种可能。

S 先生还是没有接我的话。

“要说最糟的事态，难道不该把所有情况都考虑进去吗？假如硬要把概率接近零却还不是零的所有案例都算进去的话，那我觉得刚才我说的这些也全都不能放过。”我的论调或许很蛮不讲理吧。

星期天休息的时候，我看了很多恐怖片或是与毁灭、侵略有

---

①绳文时代：日本旧石器时代后期，约一万年以前到公元前一世纪前后的时期。

②弥生时代：约公元前 300 到公元 300 年，日本古代使用弥生式陶器的时代。弥生文化是在绳纹文化的基础上，受到大陆（包括中国和朝鲜半岛）文化的影响而产生的。

关的录像，还读了不少类似的书，这会儿就把它们一股脑搬出来。

S 先生思考了许久，终于抬起头，说：“就是这么回事吧，有那么多种情况的话，我觉得真的豁出去了。没错，该发生的总会发生，碰到事情的时候只要尽最大的努力就是了。这样，我再也不怕什么万一了。”接着，他拔开塞子——挤瘪了枕头里的空气。

不知是不是我的话起到了效果，S 先生从那以后完全变了一个人。是不是该说他已经认命了呢，总之面对任何事他都迎头而上。当然，他也再没对周围人絮絮叨叨了。

现在，S 先生被常年派驻国外，工作干得有声有色。最近他被当地的游击队抓住当作人质，不过很成功地逃脱了，他成了个了不得的人物。

（平成十一年十一月四日）

人类，不知何时会碰到什么变故——大部分人都有这种感觉吧。然而，只是平时不记得罢了。假如它成了一种无法消除的强迫观念，就很麻烦了。

假如这毫无责任的说教能化解上述观念，会如何呢？最后，会有什么结果呢？我写得倒是很轻松，读者却禁不住要露出苦笑吧，总之，算是次愉快的写作吧。

收录于《日课·每天三页以上》

868 神之幼体

邮递员送来一封奇怪的信。虽说是信，可既没有收信人也没有寄信人。是挨家挨户发送的DM[①]吧。我一边这么想，一边剪开封口。里面有一张粉红色的小纸片，还有张纸印了字。信的内容如下：

随信附上的是神的幼体。虽然还是幼体，但终有一天会变成神。不论你信还是不信，总之这是事实。将这个小纸片放进箱子、裱进镜框里，或是就这样贴在墙上，都由您做主。

然后，请您每天都拜一拜，饱含敬意地拜上一拜。接受过您的祭拜与敬意，纸片将会成长为神。尽管事实上，纸片只是神的象征而并非神的本身，不过这样拜起来比较容易，就以纸片来代替了。祭拜的次数越多，心情越是虔诚，神的成长速度

---

① DM：即Direct Mail，面向个人的广告信件。

就会越快。

这是属于您自己的神。若您的同伴增加了，它也会成为他们的神。起初，不论怎样祈祷，都见不到起色。那是因为神还很小，不够有力，无法回应您的祈祷。不过在您千百次的祭拜中，即便您肉眼无法辨认，它也会逐渐成长为真正的神，具备神力。最终，神会为您实现愿望。若对它做出不敬的举动，是会受到惩罚的。

神，是培育出来的。祈祷者付出的敬意、与信仰者的增加，会令它越来越壮大。要给神起个怎样的名字，完全是您的自由。成为真正的神之后，最初的纸片会在不经意间消失。因为您已不再需要这样的东西。真正的神体是人眼所看不见的，人们要用自己的心灵支撑着神。

请您全身心地来养育神吧。您对待这神之幼体的方式将决定您今后的生活。对您来说，这恐怕是最初也是最后的机会了，若您想获得幸福，就一定不能错失良机。

就凭这些，也搞不清到底是谁寄来的。多半就是挨家挨户塞到信箱里的吧。神的成长会根据每个人的处理方式而有所不同吗？拜啊拜的就会成为神了吗？

所谓的神，就是这种东西吗？究其根本，神到底是什么？虽说我无意去相信它，可要我把它丢进垃圾筒、塞进粉碎机、扔进焚烧炉，倒还真有点下不去这个手。毕竟，它是神的幼体啊！

当然，我也没想拜它。没办法，我只有先把它放在收纳书签等物的文件夹里。这么对待它，神的幼体会发怒吧！可再怎么怒，它还不是神，只是幼体罢了，因此没那个力量来惩罚我吧！

虽然现在还想不到那个层面上，但说不定哪天我就走投无路了，从而希望有个属于自己的神来解救自己。为了那个时刻，我决定暂且把它保存起来。因为是神的幼体，所以它一定不会腐败也不会劣化，更没有所谓的保质期吧。

（平成十一年十一月三十日）

一不留神，我就用了个和过去相似的点子，而一边写一边又为这巧妙的构思而沾沾自喜起来。虽然我也想过该如何利用它做出一桌好菜，可要从神的幼体写到它长成为真神（这故事很可能会变得古怪而好玩）恐怕得花三四十页的稿纸吧。可即便死乞白赖地奢望写长篇也没那个可能，我只有浓缩一下了。连个像样的结局也没有，只是以收信人的犹豫不决而收了尾。

写完之后我才发现，实际上我只是写出了事情的真相不是吗？所谓的神，本来不就是这么诞生的吗？不不，这只是多神教的思考方式罢了，我们可没法接受这么廉价的空想——恐怕会有人要愤愤不平了吧。

收录于《日课·每天三页以上》

902

M 先生居住的小镇

出差到这个城市的第二天早上，我还是去拜访一下 M 先生吧。出发前我了解到，M 先生居住的小镇离这儿并不远，便想着有时间的话就去探望他。

查到了电话号码打过去，M 先生在家。“行啊，你来吧！”他回答道。下了电车，我乘上站前的巴士，听说距离他住的小镇大约四十分钟。

M 先生是我还在公司上班时的上司。他脾气温和又很亲切，因为人太好了而总被竞争对手抢占了先机。因此，他老被公司里的人瞧不起，但他对我真是十分照顾。不过 M 先生到底是不适合搞商务吧。后来他回了乡下，继承了家传的杂货店。

几年后，我也从公司辞了职，给自己打工，一晃就是二十年，除了寄寄新年贺卡之类的事情，我和他再也没有碰过面。

这是个颇有乡土气息的小镇。我很快认出了 M 先生的家，那是个小小的杂货店。M 先生的头发已经全白了，不过精神头还很好。

“好久不见啊！”M 先生跟我打了声招呼，随后，我们聊起了过去的种种往事。

回去的时候，M 先生送我去巴士站。这时我才意识到，M 先生会和街上遇到的所有人打招呼。对方也会与他寒暄两句，看来这镇上的人相互间都很熟悉啊！

不仅如此，M 先生会叫住骑摩托车横冲直撞的青年，教育他一番，或是告诉在路当中玩耍的孩子们，让他们注意车辆。而被提醒的那一方也会老老实实地听他管教。途中，突然下起雨来，M 先生撑起事先预备好的伞，却还特意跑到在外晒了衣服的人家，告知对方下雨了。

“感觉上，整个小镇是个共同体啊！”我赞叹道。

听到我这敬佩的语气，M 先生沉默了几秒钟，然后开口说：“的确如此，这个小镇过去就一直是这样。居民们都很亲切，也几乎没人犯罪。从这个意义上来说真的很安全、很适合居住。但是——”

“但是？”我问道。

“大家从小就是这样，所以都习惯了这种生活方式，认为这么做是理所应当的。光是这样也就罢了，但那些血气方刚的年轻人就觉得透不过气来，没法忍受，纷纷跑出去工作。你没注意到这儿很少有年轻男女吗？”M 先生反过来问我。

“您这么一说，还真是呢。”我这才发现真是这样。

“但跑出镇子的大部分人，到年纪大了的时候都会回到镇上。

他们习惯了这里的生活，没法跟外界那激烈的竞争或是相互扯后腿的做法相抗衡，大家都处理不好这种状况呢。我呢，也是其中之一吧。”M先生说得很平静。

我没说什么，只是觉得M先生说的令人很有感触。

“平和与安全在面对外界的时候也都变得无力了吧。”M先生露出了复杂的笑容继续说：“这种现象在人际关系密切而温馨的地方是共通的问题，不过仔细想想，这或许也是日本的缩影吧。已经习惯相互间这种安全关系的日本人，据说在国外吃了不少苦头。这跟我们镇的现象是一个道理。你说是不是？”

（平成十二年一月三日）

大学毕业后还在公司工作的时候，虽然没有故事里写得这么夸张，但我的确碰到过这种亲切的前辈。我在他前面辞了职，他似乎也没有做到很高的职务，到了一定的年纪就退休了。我偶尔会与妻子提起关于他的事。妻子过世后，我仍与那位前辈保持着贺卡式的来往，但后来也断了。即便他还健在，年纪应该也相当高了。

还有一个人，他已故去了。这个男人生养在类似离岛的小镇上，那儿的环境讲究的是“信任他人，自己也会博得信任”的理念，这使得他成长为一个颇有人情味的人。但进了大城市，他却十分容易上当受骗。我并不知道那些事的真假，假如是真的，那么这种人肯定是很依恋故乡的吧。

这部分记忆以及常被人提起的“上了年纪，大家都会从城市搬去郊外或乡下居住”，把这一切综合在一起，就成了这篇故事。我是没这个想法，越是年纪大了就越希望待在方便的市中心，不过这也是因为我出生在城里，没有乡下老家的缘故吧。有些人认为自己的国家理所应当是安全的，这与他们容易在国外吃苦头有很大关系吧。

收录于《日课·每天三页以上》

908 仙人来了

时代和场所都不定，让我们就这么开始吧。你硬要叫我定一个，我也定不出来。

“你知道久米的仙人吗？”三郎兵卫一边攀登古城的石阶，一边问。

“只是听说过，但不了解。”我回答道。

与市从口袋里掏出微型电子词典，在大家面前放大成像之后，念了起来：“它俗称久米寺的开祖，曾在大和国吉野郡修行成仙，却因在飞行途中窥见吉野川里一名年轻洗衣女的玉足而通力尽失，遂坠落。之后，为了修回通力而建了久米寺。”

“就是他，就是他。”三郎兵卫不住点头，“修行过的仙人也会被美色诱惑啊！”

爬完石阶，我们来到了天守阁遗迹。

“仙人会到这儿来的。”三郎兵卫说着摩拳擦掌起来。是在做着什么祈祷，还是想发动什么念力呢……说起来，他两只手腕都戴着金属手链，是不是也与此有关呢？我搞不太清楚。

不到一分钟的时间，天上出现了一个物体。它靠近了我们，降落下来。它的脚旁缠绕着干冰一样朦朦胧胧的雾气，说是云又没那么白。

然而降落在我们面前的，是个机器人，虽说像个人形，但整体还是个方方正正的家伙。机器人在我们面前着陆了。三郎兵卫跪了下来，我们也学着他的样子。

“请告诉我，怎样才能发大财？”三郎兵卫问。

“金钱，乃空之空。”机器人回答。

“怎样才能获得幸福？”三郎兵卫又问。

“所谓幸福，就在尔等心中，随尔等心态而变。”机器人回答道。

“非常感谢。”三郎兵卫说。

“走啦，老夫得继续修行。”机器人宣布完，驾着白蒙蒙的烟雾升天而去。

“刚才那个是仙人？”我问。

“没错，仙人。”三郎兵卫回答。

“那可是个机器人啊！”我接着说。

“哪怕是机器人，有道行的就是仙人。与市，仙人是怎么定义的？”三郎兵卫看着与市问。

“仙人？”与市照着微型电子词典成像的文字念起来，“第一种，道家理想中的人物。指远离人间隐居山中、辟谷、修炼不死之法、拥有任意变化之术的人。第二种，外道的修行者，指远离世俗居于山林、拥有任意变化之术的人。佛即仙人中道行最高的一类，亦称大仙，或是——”

“到这儿就够了。”三郎兵卫拦下了他，“所以说把刚才那个当成仙人不就对了吗？而且那人还在修行呢。”

“什么修行？”我问。

“我又不是仙人，也没想成为仙人，不知道。”三郎兵卫回答。

“咦，那可不是人啊，是机器人呀。”我穷追不舍。

“你不记得《人类·机器人防止歧视法》了吗？”三郎兵卫告诫我道。

“……”我没话说了。

“那个仙人就算看到了年轻的裸女，不，哪怕是裸男，也不会丧失通力而坠落吧？可见，它比久米的仙人道行更高。善哉，善哉呀。”三郎兵卫心满意足地说着，朝机器人飞去的空中拜了又拜。

之后我们坐在天守阁遗迹的石头上，吃起日之丸弁当[①]。

所以，我一开始不就说，没法给故事定个时间地点吗？我只是想请大家思考一下仙人或是机器人的本质罢了。这故事并不限于仙人和机器人，任何事的本质我都——

啊，不好意思、不好意思。有点说大道理了，而且，事后诸葛亮是禁忌吧。总之我的故事就讲到这里，该轮到下一个人咯。

（平成十二年一月九日）

---

①日之丸弁当：日本的传统盒饭，在白色米饭正中放一颗红色的梅干，象征日本的国旗。

仙

这种随心所欲又莫名其妙的故事写起来很开心。当然，只是胡说八道的话就真是一头雾水了。作者本人依照自己脑中的构思，遵循自己设定的规则来填充内容，而这填充方式的巧妙与否则左右着作品的优劣。说得挺像那么回事的，虽然我喜欢这种写法，不过或许也算不上什么能手。

妻子说“这故事真是不走寻常路啊”，她觉得挺有意思，我也是冲着这一点去写的……可其中既有成功的也有不那么成功的。尽管与妻子共同生活了那么久，可我常常不知道自己对她到底是了解还是不了解。

你问我她对这个故事做何反应，我也不太记得了。也就是说，她对此没有什么评价吧。不过我自己倒是不讨厌这个故事。

啊，画蛇添足一句，这个故事的前后几篇，采用了每个人轮流讲故事的形式。似乎是有意模仿《百物语》[①]来写的吧。

收录于《日课·每天三页以上》

①《百物语》：日本一种传统的鬼怪故事集。据说讲完一百个鬼故事，就会有真的鬼怪现身。

955 一分钟之春

这是个虚构的故事，您只要小心别中圈套慢慢读下去即可。在我看来，您信还是不信，都无所谓。

穿过车站枢纽的人行天桥时，有人塞给我一包纸巾。照例来说，都是可以与年轻女性电话聊天的宣传单。我对这种东西一点兴趣都没有。不过近来，纸巾也好传单也罢，多是看对象发的，我这种人是好久都没拿到过了，既然现在发到我手里，就心怀感激地收下好了。

我把它塞进大衣口袋里。途中，鼻子突然有点痒痒，我又不舍得用家里带出来的卫生纸，便打开了那包纸巾的包装。擦完鼻子，我看看这张纸巾，它比一般的纸还略厚一些。

上面还印了这样的文字：

给您送去一分钟的春天！一次用一张。请将它合拢在双手的手掌间，心中默念："春天啊，快来吧！春天啊，快来吧！"

您的呼唤若是发自内心的，就会产生念力，仅存一分钟的春天便会来临。不虔诚的心是不会有作用的，请到四下无人的场所进行召唤。

有效期：今年 3 月末。

纸的下半张被虚线分成了四块，各部分写了 1、2、3、4 四个大大的数字。若是平常的话，我肯定立马就把这奇怪的纸片给扔了。可是今天还挺冷的，身体状况也不怎么好，提不起劲儿来，受一次骗也无妨。

若是能招来仅有一分钟的春天，若是能有春天般的心情，试试也好。那边有条办公楼林立的马路，呼呼的大风里，人人都缩着肩行色匆匆。

然而，周围有人可不行。我从某幢楼房旁的小路拐到它的后面，脏脏的墙边堆积着废弃物，真是个萧索的地方。

我从包里取出一直随身携带的男士指甲钳套装，用剪刀剪下了“1”这个部分。然后，我把手里的东西放在脚边，双手合紧“1”这张纸，默念起来：

春天啊，快来吧！春天啊，快来吧！让天气赶快变温暖，让天空赶快变明朗。

这时，风止住了，阳光照射下来，天气真的变暖和了。不仅如此，残破得露出泥土的地面到处都长出了青草，明亮的光芒晃着我的眼睛。

春天，这就是春天。我陶醉地立在原地。可是，我感到一丝冷风吹来，周围又恢复了之前荒凉的样貌，这就是仅有的一分钟春天。

我珍藏着剩下的三张。那时的春天，或许是我的错觉。剩下三张是不是也有同样的效果，我也说不好了，不过，我还打算用用看。

我虽然想在需要一分钟之春的时候再用它，可也只剩三张了，随便用掉的话就太可惜了。因此，即便略有点冷，我也坚持不去碰它了。不可思议的是，每每想到我随时都能品味这一分钟之春，反倒能忍住不用了。

在坚持之中，有效期或许就过了吧。但是，这样也罢。因为那时，真正的春天也就到了。

（平成十二年二月二十五日）

会写这个故事，的确是因为我想到《卖火柴的小女孩》。这一瞬之间的温暖和愉快都是共通的，然而，悲伤什么的，甚至上天堂什么的，可绝对不能写。这么一来，文中那原本就微不足道的“愉快”，以及并非仅此一次的机会，差不多算是脱离《卖火柴的小女孩》的主旨了吧。我想写的是让人放松的故事啊！

不过，我这司马昭之心，似乎是路人皆知了。这篇收录于《日课·每天三页以上》的故事，在 2000 年 3 月 3 日由日本笔会主办的“和平之日”活动中，由下重晓子[1]女士朗读了。心怀敬畏而聆听的我，倏地回想起了前年曾在七夕短笺[2]上写的“冬去春来”四个字。

收录于《日课·每天三页以上》

①下重晓子：日本作家、评论家、散文家，原 NHK 播音员。

②七夕短笺：日本的七夕节习俗，人们在书签大小的纸片上写下自己的心愿，挂在专门的竹枝上，祈求幸福。

987 野心之丘

“呵呵，这么说还能去一趟我的老家呢。”那是在放暑假前夕，我说了自己的旅行计划之后，A 教授说的话。

A 教授是我所在研究班的老师，他在专业领域是个业绩突出的人。

“那块土地上，有个地方一直以来被称为野心之丘呢。”A 教授接着说，“相传，一个人爬上那坡后在那儿过一宿，向上天祈求赐予自己一番伟业，就能变身为野心之鬼。”

“这么做，就能实现自己的野心吗？”我问。

“能不能实现，还得看本人的力量和运道。”A 教授又说，“只是，能成为野心之鬼似乎是肯定的。这样一来啊，人就会生出挑战之心奋力向前，可以说是处于被驱使的状态，也算是种积极的要素吧。”

我想象着那里的场景。

“我听说过我们老家的××，○○，还有△△，他们都去野心之丘向上天祈祷过哦。”A 教授很神秘地告诉我。

“真的啊——”我感叹起来。

×× 在幕末时代曾是个活跃的志士，明治维新后成了推动整个日本发展的大政治家；○○则是个远渡法国的世界级画家，把毕生时间都献给了艺术；还有△△，以他的重大发明闻名天下，只是遭遇了事故而早早离世罢了。

“就△△的情况来看，扬名立万之后也并非就代表万事 OK 了啊！”我若有所思地说。

“那的确是命中注定，不过成就了伟业总归是事实吧。”A 教授点点头说，“不过，即使成了野心之鬼，也不见得能达成目标呢。就像刚才说的，本人的力量和运气决定了结果。只是，成为野心之鬼这件事本身，能做到的人就少之又少了。成功的只有一小部分而大多数人都失败了，假如没有知难而上的气概，又谈何大事呢？”

……

“反正，去不去由你，我是觉得你好不容易到那儿玩一趟，告诉你些典故也无妨。”说完，A 教授便闭口不再谈起。

暑假开始后不久，我便踏上了旅途。反正是穷游，日程就也由着性子了。来到 A 教授的故乡时，已进入了八月，投宿在便宜的旅馆后，我向人打听起野心之丘。

“现在都没什么人关心这事儿了呢。”旅馆的老板娘说，“野心这东西啊，已经落伍了吧，而且怎么说呢，这也只是个不知真假的迷信故事。不过，好像还是偶尔会有人去。那儿很远，说是山丘其实是在山里面，可辛苦啦。”

不过我还是请老板娘把路线告诉了我。那是条不通车的山路，人得步行十多公里。我决定去探视一下。

我期望能拥有一般人，不，拥有高于一般人的野心。我期望自己能拥有他人无法复制的一生。我决心去那儿，过上一夜，向天祈祷。

早上从旅馆出发，我坐上靠近那山丘的巴士，下车后开始步行，但是山路比想象中的更难走，来到那山丘（确切地说应该是其中的一个山顶）的时候，已经过了中午。

这儿的树木生长得格外繁茂，齐人高的密集草丛里，一块古老石碑的上半部分露了出来。听说这就是野心之丘的标志，但文字已风化得无法辨读。

就是这儿啊，我开始为露营做起准备，要在这儿过一晚，向上天祈祷。蝉的合唱简直令人耳朵生疼，狂风呼呼地刮来，树叶相互碰擦的声音宛如大浪一般，野草则循着风的轨迹肆意倒伏。

渐渐地，我心虚了。这种地方，该不会跑出野猪吧？可能还有熊。说起来，草丛里一定潜伏着蛇或者毒虫。可是，我必须加油，为了能成为野心之鬼，我一定要坚持到底。

太阳开始慢慢往西边倾斜，事到如今，我才真正意识到自己要在这儿呆到明天天亮。明明都做好心理准备了，可当夜晚真的降临时，我却胆怯起来。

加油！加油！我给自己鼓劲儿，可鼓劲儿的同时，别的念头又涌了上来。原来如此，在这儿待上一夜，或许就成了野心的奴隶。

然而，这并不表示我就此成功了。哪怕成功了可能还会遭遇事故，并且大多数人只是做着野心的奴仆，一辈子都在失意中度过。

就结果而言，我也会像他们一样受缚于野心，一无所成地终老一生吧！

这样的话——放弃！放弃！还是放弃算了，下山。我慌慌张张地收拾好行李，趁着西斜得已十分微弱的阳光，离开了那儿。

“然后呢？你去了野心之丘吧？”九月，A教授见到我的时候问道。

我把来龙去脉告诉了他。

“也是啊，那种地方啊。”A教授说。

“老师，您去挑战过吗？”我问。

“没有。”A教授摇摇头说，“第一次，我还很年轻，就跟你的年纪差不多，也是怕得很，天黑以前就逃回家了。”

“回家了？不过您刚才说第一次，那就是后来又去过了？”我好奇地问。

“嗯。”A教授肯定道并说，“那是已过盛年的时候，我感到自己小有成绩而产生了自满情绪，便想再在世人面前活跃一把，于是我回了趟老家，出门时想着这次一定得过上一夜，但最终还是失败了。”

“为什么呢？”我问道。

“是体力不够了。”A教授脸上浮起一丝苦笑，“那时我的体力都不够支撑我到达目的地啦。”

“……”

“真的打算爆发一把的时候，却上了年纪体力不足，够讽刺的啊！”A 教授很无奈。

“……”

“总之，我身处如今这番境遇，人生也就是那么回事儿，这就是命吧？”A 教授好像把一切都看得很淡了。

“……”

我一边听，一边想，假如自己处在 A 教授这般立场，会对此感到不满吗？还是说 A 教授其实内心还是留有遗憾的？我无从判断。

（平成十二年三月二十八日）

看完这个故事，妻子说：“这篇能不能找个地方登出来呀？能登出来多好啊！”

“唔——蛮难的吧。”我回答道。

每天坚持写短篇小说，从第 1 篇到第 200 篇里选了 49 篇集结成了《每日新话》，然后到第 360 篇时又选了 47 篇，以《每日新话·第 2 集》为题委托出版艺术社发行。

妻子为此很是高兴，然而现在已不再是超短篇流行的时代了。那之后，日本笔会的合集收录了四篇，靠共同通信社的电子刊物在各处的报纸上登了几篇，还在读卖新闻上登过一篇，可不论哪里都是零零散散的。

后来大阪艺术大学发行的《河南文学》中给我刊登了 3 次，将近 30 篇。《月刊中心》杂志也为我刊载了 30 余篇，不过那都是这篇《野心之丘》写成以后的事情了。

总之，大概妻子想说的是，我还有很多作品能让更多人一同分享呢。在我看来当然觉得很感激，可现实如此也是无可奈何，实在是非常抱歉。

话说回来，这部作品虽然是从“我”的视点来切入，可要说得难听点，“其实，你才不是那个‘我’，而是怀着A教授的情绪在写的那个人吧”？这个确实也是这回事，现在，或者说正在写着这段文字的我，已经是个早已不会做梦去爬山露营的老头子了。而且说真的，虽然我的稿子没怎么卖出去，可好歹大学老师这份差事还是帮了我大忙，“野心”这种故事，仿佛不是我这种人该写的东西。

收录于《日课·每天三页以上》

998

清晨的咖啡馆

家人要乘早班的大巴，我帮忙提着行李一起去了终点站。大巴开出后，我打算到附近找家店吃份早间套餐。浮上脑海的，是一个很久未去的老咖啡馆，它还在不在呢？

绕到一栋大楼的后方，只见咖啡馆还在那里。装潢很古典而内部很明亮的店堂中，几乎没有顾客。早间套餐里有个热松饼套餐，于是我点了它。

能在这家店里如此悠闲地享用早餐，令我不由地回忆起了过去的时光。还很年轻的时候，我自己也好，整个社会也好，都处于清贫之中。

热松饼配咖啡的组合，现今看来只不过是顿很平常的餐点。而在当年，能在热闹地段的咖啡馆里来上这么一份早餐，都算得上是奢侈了，从而令人心生一丝幸福。

现在生活都富足了，至少物质方面是如此。于是我在想：假如，像我这种感叹如今生活富裕的老一辈完全退下社会舞台，而整个时代充斥着将眼前生活视作理所应当、甚至还有所不满的人，那又会是怎样一番景象呢？

肯定，从根本上就会误入歧途吧。这时，见有客人进店来，满脑子都还塞着这些怪想法的我往那个方向瞟了一眼，却不禁在心里低呼了一声。

那是个提着大包行李的中年男人，疲惫的面庞，不知哪个年代的陈旧西服。在桌边坐定的中年男人看了看菜单，眉头拧到了一起，最终，他垮着一张无奈的脸点了一份早间套餐。不久餐点送了上来，他匆匆把土司塞进嘴里，喝了口咖啡。

我吃完之后站起来时，那个男人已经比我早一步走向了收银台。我按顺序排在后面，观察着他付钱的样子。男人没有用硬币，而是掏出一张百元纸币，百元纸币可是好久都没见过了。

收银员带着怀疑的眼光看了看男人，不过还是沉默着递出了零钱。收银员也是中年人，总该认识百元纸币吧。虽然现在一般不太使用了，可百元纸币毕竟还是有着百元的面值。

“非常感谢。”在收银员的道谢声中，男人走了出去。

接下来轮到我了。掏钱的时候，刚才那男人进店时就给我留下了奇妙的印象，与我的记忆连起来，令我确定了自己的猜想。

没错，过去，我就经常会乘坐夜行列车。早上，到达终点站后，我会拎着大包行李到站内或是车站附近的咖啡馆，点上一份早间套餐来吃。

有时进入一家店，看看菜单发现贵得要命，但不得已点一份吃掉，付账出门。出店之后，我不经意地再看了看找来的硬币，发现发行年份竟是三十年后的，只能当成是来自未来的硬币了。

不小心花出去的话，大概会被人误以为是假币，这种感觉很叫人不爽，于是我只能一直保管在自己身边，可是现在也不知去了哪里。刚才那个男人，会不会也和我碰到了同样的情况？他乘夜行列车而来，进了车站附近的咖啡馆，发觉价格贵得很——会不会是这样呢？

走出咖啡馆，我寻找着那个男人的身影。虽然想追上他跟他搭话，但还是默默地跟在他后面，我尚未在这两个念头之间做出取舍，但假如他是从几十年前过来的，那我不是就能和他聊聊当时的话题，或是跟着他回到那个时代去了吗——我产生了这样的意识。

不过，男人去了哪儿，我已无从知晓，是回到自己的时代了吧……

我回过神来，即便追上了这个男人，跟他聊了那个时代的事情，又能如何？不仅如此，假如男人所处的时代把我给吸回去了的话……

那还真是很头疼啊，现在这样就很好了。我向着那已有往来行人的晨间街道大步走去。

（平成十二年四月八日）

在夜行列车已逐渐淡出人们视野的现代（好吧，在我写这篇文章时都不确定日本的夜行列车是否已经完全取消了，不过全世界都取消夜行列车的那天恐怕还很遥远吧），我姑且根据自己乘坐夜行列车的经验，写了这篇文章。

乘坐次数最多的是大阪到东京之间的列车。卧铺车票很贵，基本上都是买指定席的坐票。把头靠在椅背上睡觉，那感觉可是相当的吃力。各站都停的列车得开上十四个小时，后来有了急行快车也要十个小时，我虽有这些记忆，不过也已模糊得难以确定了。

到达东京的早上，我会去洗个桑拿，再到那儿吃个早饭。回想起来跟现在的深夜巴士很像。只不过碰到事故的概率算是比巴士要小一点吧，当然这结论也是毫无根据的个人感觉罢了。

这个故事说的就是：当时的某人在去吃早饭时，进入了未来某个时刻的店内，并在这家店内碰到了与自己的过去有着相同经历的人。

其实，妻子偶尔也会和他人结伴或单独乘坐夜行列车（也有与我一道的情况）。步入中年，自从我们选择了新干线，除了旅行这种特殊情况之外，我们都没再乘过夜行列车。因此可以说，这种带着苦行滋味的夜行列车，不论对妻子还是对我，仿佛都是一种勾起青年时代回忆的象征。

斗转星移，每天写一则短篇小说的日子里，真是积累了不少作品。但出版成书的或是登上报纸的，只是其中的一部分。既然如此，我就决心自己把它们变成书。虽然钱是不是够用都还要打个问号，不过高中的俳句部前辈拜托了他开印刷公司的兄弟，谈了之后，我自费请对方出了书。

每本书收录一百篇，就这样源源不断地出版了。书名叫《日课·每天三页以上》。每卷还附带了透露我与妻子近况的《卓通信》，有需求的读者可以另外购买。听印刷公司提起这件事，《每日新闻》的记者来给我们做了采访拍了照片，写成了报道。而妻子手中拿着的第一卷，其实是内页都还是白纸的装订样本。

《日课·每天三页以上》的出版渐渐追上了我的写作速度。所写篇幅达到 1500 篇、《日课·每天三页以上》出完第十卷的时候，我所在日本笔会的志愿者们为此策划、举办了一场派对。2001 年 9 月 18 日，在名为“眉村卓·悦子夫妇鼓励会”的派对上，下重晓子女士朗读了这篇作品。

收录于《日课·每天三页以上》

1136

问星号

这只电动剃须刀还是十五年前送到我手里的。包裹上写着试用品几个字，然而寄件人的地址也好、公司也好、人名也好，全都没有。只有一个奇怪的记号孤零零地画在外壳上。

奇怪的记号，疑问号——也就是“？”这个记号，钩子下方那个“·”换成了一个黑色的小星星。好像是既常见，又不知怎么称呼的记号。为了方便起见，在此我就叫它“问星号”吧。

拆开包裹，出现的是一个设计很平凡的电动剃须刀，而且，这个剃须刀上也有个问星号。这可能是个商标吧。

虽然不知道是谁送来的，但它反正是个试用品。是以问星号为 Logo 的公司寄来的吗？我也没太当回事地用了起来。

谁知道，这剃须刀剃得还真干净，比我以往用过的名牌产品要好上许多倍。从那以后，我就一直用着这个问星号的电动剃须刀。

可是话说回来，问星号到底是哪个公司的Logo，我怎么查都没查到。要是刀片钝了或是零件损坏了，那可就麻烦了。然而，这个电动剃须刀的锋利程度丝毫未减，也没出过任何故障。

那是在前年，跟一个不怎么熟的人聊天时，他提到了电动剃须刀的事。

“其实，我有个很不可思议的电动剃须刀呢。”那人说，“虽说是作为试用品送来的，可到底是从哪儿送来的、到底是哪个公司的产品，全都不清楚。包裹也好、机器也好，都只有个奇怪的问号，而且问号下的点还换成了小星星的样子。不过，它特别好用，这十年来我一直在用，可一点儿故障都没有。”

我大吃一惊，称自己也有这么一个电动剃须刀。关于这个问星号到底是哪儿的记号，我们聊了很多，但仍旧没有头绪。

之后，我提起那剃须刀的故事时，常常会跟同样有它的人碰上。人们一般不会主动说起这事儿，而在得知对方也遇到了相同情况时，便会迫不及待地打开话匣子。在这件事上也是如此，并且大家与我都有着相同的体验。

此间，有消息说市面上的电动剃须刀全都滞销了，于是，问星号的剃须刀浮出了水面。因为拥有问星号剃须刀的人们，已经不会再买新的了。

到了今年年初，又有个便携收音机的试用品送到我家。设计很普通，不过，收音质量很好。虽说不得不更换电源，但一次能用半年以上，效果真的不错。

这个便携收音机也有问星号的Logo，并且，用这个问星号收音机的人似乎还特别多。用了二十多年都没坏的用户也不在少数。

看来，问星号的产品绝不会发生故障，也没有更换零部件的必要。

它们被当作试用品源源不断地送到了人们手里。一旦拥有了问星号的产品，人们就不会再买新的了——这个结论越发地明显了。

世间一片哗然，入手了这来历不明的问星号产品，大家都不买新产品了。到处都在流传，说：造出这东西想来挑起事端的肯定是外国的阴谋组织，不，何止外国，说不定是外星来的地球入侵者。

不止电动剃须刀或便携收音机，人们身边原来还有更多的试用品啊！它们是绝对不会出故障的产品，这种产品越来越多的话，工业就得崩溃了。

出于了解真相的目的，拥有问星号产品的人必须进行申报。还有传言说：当局好像要没收所有问星号产品。

我是没有申报，仍然偷偷地享受着问星号的电动剃须刀和便携收音机，不过据说有人因此被警察逮捕过呢。

故事写到这里，我突然感到一阵空虚，这种东西写得再多也起不到任何作用。我从桌上抬起身子，靠在椅背上。

桌上放着的，是昨天送去修理的电动剃须刀和便携收音机，型号太老，已经没有零件可以更换，只能退了回来。

（平成十二年八月二十四日）

《日课·每天三页以上》的第十卷以第 1000 篇告终。妻子的病正在逐步恶化，而要继续自费出版的话，不论心理还是时间，我都已感到力不从心。作品编号也上了四位数，每天我总带着天马行空的感觉，不停地写着。

那么，来说说问星号。我是从来没见过这种记号的，不过在某些领域里或许只是个普通的东西吧？而对我来说，只要有那么点不同寻常就行了。

那些对家用品的故障、劣化、陈腐化感到头痛的人，看了这个故事或许会苦笑出来吧。尽管这对于现在所生产和销售的产品来说是必经之路，但如今不仅是最终消费品，连原材料也都逐渐变成了这样，让人不禁感到地球即将被耗费殆尽了。

更进一步说，要是哪个机关或组织能想想办法挖出这个问星号的生产商并把它击垮，又会怎么样呢？这可就是动作片了。假如生产并提供给人类问星号产品的是外星生物，这故事可就更有看头了，但十分遗憾的是，短篇故事是没法实现的。

1329

Q 先生与协会

Q 先生想退出我们的协会，Q 先生是协会的运营理事之一。他对数字有着超强的记忆力，给我们帮了很大忙。然而大约从半年前开始，他就没在协会露面了。每月一次的理事会也好，协会的活动也好，一概不出席。

原本我们就只是个凭志趣组织起来又没有报酬的团体，我们也没法勉强忙于本职工作而无暇顾及组织的 Q 先生。等过了这阵子就会来了吧，我们都这么想。然而他竟然要退会，这可不得了了，协会让我跟他碰个面问问情况。

“嗯，上了年纪而且记忆力逐渐衰退，这的确是个事实啦。”Q 先生开口说起来，“不过您知道，记忆力的衰退可以用联想回路的变换来弥补，多用用便携记录器也多少能奏效，问题是，我的耳朵有点听不清了。”

“耳朵？”我问。

“没错，别人说的话总是会听错，我不得不再问一遍。而且，数字也总是会听错呢。”Q 先生显得有些无奈。

“Q 先生您也会出这种问题？”我有些不太相信。

“我觉得，大概是我对数字太敏感，一直太在意它们，现在才会产生了反效果吧？”Q 先生如是说，“可能是我内心在表示这种逆反的表现吧。比如对方说的是 832，我却听成了 632，或是记成了 6267？日常生活都会令我烦恼，协会的事务就更难胜任了啊！”

“……”

“一不留神，恐怕就会给大家带来麻烦，所以我请求退会。”Q 先生很诚恳地说道。

这样的话也只能如此了——我想。

过了好几个月，我偶然碰到了 Q 先生。

“最近可好？”我问他。

“老样子啊。”Q 先生回答，“不如说，情况越来越糟糕了。记忆力似乎还在衰退，以前记十二位十三位数字是完全不在话下的，现在可没那能耐了。”

但是，Q 先生倒也没有泄气的神色。

“不过，您看上去还挺精神的啊！”我说。

“因为我悟出来了呀。”Q 先生回答。

“悟了？”我很疑惑。

“是啊，我悟到：就是因为想拼命记住所有数字反而记不住的。”Q 先生向我点点头，接着说，“你想啊，假设有 198754315 这么个数。就算你全记下来，事实上也就是约为两千万罢了。虽然是不怎么精确，可人们更能理解后者不是吗？每位数都很重要的情况毕竟是少数。”

“这个，也对啦。”我也只能表示认同。

“我反正决定了，只记下重要的数，当然只记一位是有点不精确，那顶多就记两位，比如67或53，只把这些放进脑袋里就够了。这两位之前的数字，就记个几千或几万吧。只记这些就完了，模糊点也没关系。”

“……”

“说来也奇了，这么一抓重点，好像反倒能看清整体了似的。或者说，想要把握全体或是整个局面，看个大略的数字更合适。我想把这个观点贯彻到底，多亏了这个发现，好像事事都顺利起来了，真不可思议啊！”Q先生好像很有成就感呢。

“还真有这种思路啊？”我嘟哝道。

Q先生的本职工作似乎更忙碌了，据说他的事业正蒸蒸日上。不仅如此，不少组织看中Q先生的这种能力，都请他去做顾问。

原本十分擅长处理精确数字的Q先生，是因为现在只抓个大略，才换来了如今的结果吧？

让这样的Q先生再回来做委员如何——协会里似乎有这样的呼声。然而，我们这些理事考虑，从体面上来说还是别这么做比较好吧，毕竟我们的组织是记忆术研究协会。

（平成十三年三月五日）

这完全是个单口相声，先知道结局的话就一点意思都没有了吧。然而貌似有些人认为，超短篇的结尾就必须抖个包袱。因此，我硬是让读者看了这个硬凑出来的包袱，真难啊！

我想做的，其实只是写个没什么悬念的简单故事，但又有它的独特之处，而最后还能收获一个“被摆了一道”的评价（实际上我还没达到这个高度）。

对于本故事来说，世上的确有些人能把数字记得一位不差，并滔滔不绝地复述出来，但我同时也想表达：对于记忆力正加速衰退的我而言，内心念叨的却是“记个概数不就结了吗”。

1485 礼物机器人

C 氏，算是个有点地位的人。

有人送了他一台机器人作为礼物。

这年头，机器人已能大批量生产，价格很便宜，各种各样的型号竞相登场，所以也算不得多昂贵的礼物。而且 C 氏也颇有身份，就得送个相称的才是。

这个机器人反应略有些迟钝，不过即使花点时间它也会忠实地完成命令，还是挺好用的。比起使唤那些有点小聪明又脑筋活络，还得时刻防备着的机器人，这个机器人算是轻松不少。

对 C 氏来说，不想让人类，或者说，不想让稍微聪明点的机器人干的活，都会让这只机器人来完成，可谓是非常器重它呢。家里虽然有许多机器人，但这个别人送的却是最最好用的。

有一次，C 氏与一位机器人专家闲谈。

“比起功能太好的机器人，稍微笨点但实诚的更放心啊！”C

氏说着，提起了别人送他的那个机器人。

听了一会儿，专家不紧不慢地问他：“您记得那个机器人的型号吗？”

“这个嘛。”C 氏想了想，终于回忆起来，报出了型号。

“哈哈哈。”专家笑了出来，“笨而实诚……这可是超常能力内置型的机器人呀。”

“超常……能力？”C 氏很惊讶。

“平时它的确是有点迟钝，不起眼又很认真，但这只是平常用的，不是它的真正能力。一旦有突发事件，它能发挥出人类难以企及的能力——它就是这种特制机器人哦。”专家不紧不慢地说着。

“是吗？”C 氏有点不太相信。

“有必要的话，它能具备夜视功能，使出可以匹敌大型机械的力量，比汽车跑得还快。好像还有能飞的型号，战斗力那可是超群啊！”C 氏罗列着这个机器人的优点。

“真看不出来啊，它什么时候会发挥这种能力呢？让它这么做它就会做吗？”C 氏很想见识一下这个机器人的威力。

“不，即便您下达命令，机器人若是判断此时没有必要，它也不会行动的。它通过自己的判断来施展相应的能力，失去必要性时它就恢复成一贯的样子了。”专家很客观地说道。

“总觉得有点瘆人啊！”C 氏有些害怕了。

“没这回事啦，机器人绝对会保卫主人的安全，现在的型号也不可能会失控。状态紊乱的话，它自己是具备调整功能的。”专家对 C 氏的担心不屑一顾。

自那以后，C 氏的心情久久不能平静。对这个机器人下了命令，它能忠实、诚恳地工作，非常方便。可假如它不仅仅只拥有这些能力，C 氏就没法安心了。

不过，即便如专家所说，机器人不会失控，不会变成人类无法对抗的怪物，那也是通过它自己的判断。

它要是真能成为拥有夜视、怪力、疾驰、飞天功能的战斗机器人，那自己也不敢再跟往常一般，居高临下地指使它干这干那了。就跟养了一头猛兽似的，平时再老实也没法掉以轻心啊！

话虽如此，好不容易碰上这么一台任劳任怨的机器人，他才不由地会使用至今。可一边用，C 氏自己也感到，心里越来越不安起来。

（平成十三年八月八日）

看电影时，不，不仅限于电影，看到这样的情节——隐藏能力或身份而被当作傻瓜的人，突然露出本性将对手打倒，我都很想大叫："太好啦！太好啦！活该！"比如，回到伊塔卡岛的奥德赛[①]。

还有一点，很早以前我就在想，假如可以造出智能机器人，并且它还能在特殊时期变身为实力更强的超级机器人，那该多好啊！这种概念在现在看来仿佛是理所当然的，但它却在我脑中萦绕了许久。

将以上两者一结合，不就成了这个故事吗？而从这点大家也可以看到，我对短篇小说点子的产出，就快黔驴技穷了。

说起来，《聊斋志异》里有这么个故事——有个人为了取悦高官，送了他一只昂贵的观赏鸟，没想到不明就里的高官竟把它给吃了。这肯定也是引起我这篇构想的原因之一，不仅如此，我不早就在《乱世型员工》里写过这种题材了。

所谓点子，与其说大点子是一级品，不如说更多情况下，或许是由许许多多的小点子合体而成的吧。

①奥德赛：《荷马史诗》中描写的希腊英雄。他献木马计攻打特洛伊后历经十年，破除万难独自回到故乡伊塔卡岛，夺回了自己的妻儿。

1572 雨中外出

豆大的雨点敲打着屋子，天略有些凉，而我有事必须出门。我披上件差不多厚的外套，穿上鞋走了出去。

明明是上午，天色却很暗。没多久，水珠就不停地从伞上垂落下来。鞋子每走一步都嘎吱作响，虽然这会儿还能从内侧防水，但能坚持到什么时候我就不知道了。

心情颇为沉重，并不仅仅因为下雨，压在心头的事情，也不止一件两件。

走在人行道上，成群结队的车辆令人生厌。那濡湿的金属外壳和朝天的车灯，黑压压地望不到头。还有那些亮着灯的车，更是让我忍无可忍，加上此起彼伏的轮胎摩擦声，简直要把我压垮了。

于是，我避开大道，拐入了一条细细的小路。小路的一侧是仓库，另一侧是高高的水泥围墙，过去那里是个学校，很是让人怀念。在雨水的冲刷下，一切都变得黑黢黢的。

细细的小路，中途往左弯了过去，转角处有根电线杆，下面堆着好些垃圾袋。此刻，我踉跄了一下。究竟为何会踉跄，我自己也感到不可思议，两条腿就是不听使唤了。

我蹲了下来，连路都走不了了，脑筋也转不过弯来。我空瘪着肚子，在堆满垃圾的小山旁，任凭雨水击打。不知什么时候，伞也没了踪影。

我抬起头，有谁正在接近我。行走中的我，突然有种心里被掏空的感觉。不仅如此，还感到一丝奇妙的愉悦。我没来由地觉得现在的自己无所不能，仿佛立刻就能狂奔起来。不，就算要飞也是轻而易举的事。

然而，有些什么事，我确实想不起来了。我回过头去，雨点噼噼啪啪地倾盆而下，重重地敲在电线杆与垃圾堆成的小山上。

有个男人，独自枯坐雨中。那是个阴郁着面孔，无力挪动的男人。那是我，另一个我，坐在那里。

直觉告诉我：那个人是从意识中游离出来的自己。我心中那沉重的部分好似垃圾一般被抛出来，蜷缩在那里。

一瞬间，脑中闪过个念头：丢下他，我继续赶路吧。

这么一来，就能保持现有的心情了，就能维持住这个无所不能的自己了。可是，脑袋却无法继续运转起来了。

思考能力不翼而飞，对于今后自己该做什么，自己究竟是谁，自己会变成怎样，脑袋里一片空白。

再这样下去，一切都完了——我只剩下这种感觉。

转过身，我向蹲在地上的另一个我伸出手。他什么反应都没有，我抓住他垂下的衣领，用力一扯，而对方毫无抵抗地向我靠了过来，与我合为了一体。

我再次迈出了步子，前进在如注的大雨之中。鞋里已经进水，每走一步都嘎吱作响。

“我就觉得会发生这种事啦。这么大的雨还硬是要去医院做检查，虽然之前约好了是今天，不过打个电话，说去不了不就行了吗？”我说道。

妻子却只是傻傻地笑笑。

我开始做起出门的准备。

（平成十三年十一月三日）

看完故事，可能会有人说：这结局压根都算不上结局吧，真无聊。

好吧，要怎么想是各人的自由，无论别人说什么我都只能听之任之，不过短篇并非都是为结局而写——这是我说不出口的感想。

以前我曾写过一部作品名为《夜如黑玉……》，故事的核心是人类在感到痛苦或艰辛的时候，会产生分身而进入一个肉眼看不见的世界中，本人则能感到轻松而愉快，继续沿着已有的人生轨迹前进。我就把那个概念搬到了这里。

会用到这个设定，说实话是因为我身在这疲惫不堪的生活中，既无法从这重压里逃脱，也无意逃脱，我只是想用这种超现实的故事来表达这种感情罢了。不过我的这种心理，或许已经被妻子看穿了也说不定。

1644 作中体验

N 氏在指定的那天去了趟机关办事处。

具有一定收入的小说家每两年必须经历一次作中体验，这是小说家的法定义务。

根据作者本人的实地体验，让他写出更有娱乐性的作品来，这是文化制度的规定。

N 氏是个新露头角的作者，作中体验还是第一次。

“这是您写的其中一个故事，是我们随机抽样出来的。”负责官员给 N 氏看了看碟片，“把它放进装置，进入那个小房间后，您就能成为这个故事里的某个角色，体验故事的发展。您不一定会成为主人公或是重要角色。选择也是由这装置随机分配的。那么，请到那个房间去吧。”

N 氏在巨大的岩石背后弓着身体。他和穿着战斗服的队员们在一起，自然，N 氏也是队员之一。

头上一阵“哔哔哔哔”的声响，扫过好几道白光。有三架三角形的飞行器从高空往他们这个方向飞来。N氏后方传来了巨大的爆炸声，N氏是作者，对此当然有印象。这是《迪斯顿的反击》中，与多赞达星人的战斗。

这么说来和预想的一样，前方出现了一只歪斜着降落下来的圆盘状飞行器，好歹没有发生撞击勉强着陆了。飞行器的门开了，一个穿着华丽的女人和三个穿战斗服的队员往这边跑了过来。

“冲啊！救出公主！”后方传来队长的吼声。这位公主是主人公的恋人，此刻要解救她于危难之中。

“上！”队长喊道。

N氏和其他队员一起从岩壁后冲了出去，在敌方的攻击下现身乱跑，这无疑是自杀行为。但是，命令不得不服从，N氏手持武器奋力跑着。

此间，着陆的圆盘状飞行器被白光扫到，爆炸了。不仅如此，敌方一个小队也从白光下向他们逼近。那是黑色球体下长着三条长腿的多赞达星士兵。

N氏奔跑着，跑在两边的队员们纷纷被白光贯穿身体而倒下，公主也在前方被击倒了。

突然，一道白光穿透了N氏的胸口。

完了！

为什么完蛋的非得是我不可？公主与主人公口角之后，冲动地驾上飞行器跑了，为了救这种人，为什么自己和其他队员们就该被射得七零八落？

太不合理了！这故事怎么都说不通，不多久N氏的意识就渐渐模糊起来。

“您辛苦了，请参考这段经历，写出更好的故事来吧。不过，真不错啊！我也想成为自己作品里的人物，体验一把自己写的故事啊，哪怕一次也好呢。”

面对官员的夸奖，N氏点点头含糊了句“哦”，便走出了机关办事处。

真是糟糕的体验，随便一写的故事，以及很简单就被干掉了的队员。不过，仔细想想，这还不算最糟的。稍有点闪失，说不定还会成为被地球士兵们残杀的多赞达星人呢。

也罢，下一次作中体验，搞不好自己能成为一个噼噼啪啪把敌人斩尽杀绝的英雄人物了……

总之，为了赚钱糊口，今后还得不停地往下写。即便在作中体验里遭罪，也不可能放下手头的笔啊！

（平成十四年一月十四日）

如果写故事的作者成为作品里的人物，是否会认同这个故事的设定——面对这种询问，能挺起胸脯说“当然”的人，恐怕还真不多吧。

多数人会边挠头边说“这个嘛……大概，嘿嘿”的吧？要是这么说，或许会受到“你这种念头啊，在现在看来可是老旧得跟化石一样”的评价。因此，从某种意义上说，这故事是有点故意捉弄人的。

话说，我以前看那些英雄救美的电视或电影时总有个癖好，就是想问问他们，是不是该描写一下那些被干掉的人，他们的希望啊、梦想啊、人生啊、家庭什么的？于是，我让这个作者体验了一把被击倒的士兵。

但是，看完这故事的年轻人却问我："为什么里面会有这种士兵呢？"是你们不明白吗？还是说我的写法让他们读起来产生了这样的疑问呢？我感到全身都笼罩上了某种无力感。

1678 奇行者

J 先生的确是个怪人。

很多人都说：那个人啊，脑子不对劲哦。

J 先生似乎从出生就在这个镇上，直到他从就职的公司退休以来，一直都过着很平凡的生活。

我听说他年轻时曾去镇上的空手道场学功夫，身手相当了得，不过这也没什么不可思议的。而且我们镇其实还挺大的，以前我都不知道有 J 先生这号人。

他是从开始奇行之后火起来的，称之为“奇行”没问题吧，也就是穿着奇异的服饰，步行在镇上。

第一次遇见 J 先生是我小学五年级的时候。等巴士的当口，一个即便当时的我看来也无疑是爷爷辈的人向我走来，他披挂一身盔甲，站在车站旁。

我张大了嘴，呆呆地盯着这个人。

“好玩吗？”老爷爷开口问我，“老夫必须这样武装起来，因为啊，老夫必须在危急时刻保护这个镇子。这是老夫的使命。”

“会有谁要打过来吗？”我问。

“老夫也不知会发生什么事，但是，得时刻准备着啊！”穿盔甲的老爷爷回答道。

巴士到了，我上了车，老爷爷也上来了。车上的人都直勾勾地看着他，还不乏有人憋着笑，不过老爷爷倒很淡定。

回到家后，我跟父母提到这件事，他们告诉我，那是J先生。从那以后，我不时会碰到他。J先生并非总穿着盔甲，有时也会穿着剑道装备配着竹刀。

有时候，他还会穿柔道服，更有时甚至穿着中世纪的西洋铠甲。那铠甲看上去重得要命，是J先生特别有体力，还是他特意做了一套轻量级的，我就无从知晓了。

那人啊，真够可怜的，到底为什么要这样啊，附近有人这么议论。不过说这话的人同时会加一句：因为他是个孤老，又拿着养老金，才能想干什么就干什么，这么说来还真逍遥哦。

看到这样的J先生，很多孩子会嘲笑他或是冲他丢石头（当然我没这么干过）。大人们呢？听说，曾有年轻人找他的茬儿，不过J先生把他们都打趴下了。

大部分人都对J先生熟视无睹了，因为他从建镇以来就在这儿，除了穿得怪里怪气之外，每天的生活再平常不过。

五年过去，十年过去，提到穿着奇装异服的J先生，镇上的人都已见怪不怪了。同时，对于他自命的小镇守护者，大家也都默认了。

我从学校毕业开始参加工作的时候，入秋不久的一个傍晚，我顶着狂风站在路口等信号灯。

这时，一辆三轮车从车道的一端驶过来。踩着踏板的，正是J先生。原本年事已高的他看上去精神还颇为矍铄，而且他戴着高高的头盔，身穿红衣，肩围红披风，一副古代罗马军的行头。

J先生恰好经过我面前时，大约是累了，便停了下来。我看看J先生，发现他也在看我。

“暴风雨要来了哦。”J先生对我说，“这样下去镇子要遭殃的，老夫必须去阻止它。”

早些时候，我看过天气预报，知道台风正在接近的消息。于是，我忍不住问：“是阻止台风吗？”

“正是。”J先生点了点头，“这恐怕是老夫最后一次为镇子效力了吧，也到年纪啦。”说完，他又骑着车上路了。

那天晚上到第二天黎明，台风袭来。台风造成了很大破坏，可不知为何，就我们镇上既没有遭到多大的强风，也几乎没有产生损害。用专家的话来说，台风内部的状况并非完全一致，由于地形和风向不同，有可能某些地区完全不会受到强风袭击。

这或许是个偶然，然而，我听到这样一些传言。据说……台风威力开始增强的后半夜，身穿古代罗马战袍骑着三轮车的J先生，狂吼着朝风刮来的方向冲锋而去，好多人都目击了这一幕。

从时间上来考虑，吹向这个镇的风正是从此时开始变弱的。按常识来说，也实在很难想象J先生的这种行为会对台风有什么影响。不过，事实就是如此。并且，从那以后，再也没有人见过J先生。

一直居住在这个镇上的我，逐渐从中年迈入了老年。有些话我不得不告诉大家，J先生失踪后的几年，洪水光临了小镇。那之后又是几年，发生了大地震，许多人家的房屋都倒塌了，还死了人。

小镇的样子差不多全变了。说到另一种变化，那就是：小镇的风气已不再像过去那么平稳，偷抢、暴力、打劫频发，是因为J先生不在了吗，我时不时会这么想。而J先生的后继者，却迟迟没有出现。

（平成十四年二月十七日）

妻子对这个故事做何种反应，我记不太清楚了。连有没有感应，还是因为我失神忘记，都已想不起来了。

不过从我自身来说，我写完之后产生了一种奇妙的怀旧感。说得更明白点，就像我非常了解这位J先生似的。我也不知当时的自己为什么会有这种心情。

然而，妻子过世后的几年，我多少有点理解当年那种感觉了。

在写着《每日新话》，与妻子一起生活的那段时间里，我对社会上流行的新事物或是新产品完全丧失了兴趣。

原本，我总会跟家里人谈起某种新事物将如何改变未来社会，还会买来各种产品尝试。

我向来对新事物的好奇心就很旺盛，属于趋之若鹜那一型的。然而与日益接近死亡的妻子在一起时，我完全没了那心思，压根儿就不想提起关于未来的话题。

渐渐地，我游走在时代之外，我自己也很清楚这一点。而对这样的自己来说，我行我素的 J 先生在某种程度上也就是自身的写照。

无论与周围多么脱节，我只相信自己所相信的，在这一点上，我们是相通的。不过，我是无法像 J 先生那样伟大，在人们看不见的地方守护着小镇，只是一味地随波逐流，离这世间越行越远……

真想把这个故事写成个更扎实的短篇小说啊，我这么思考着。

1747

一同抽烟

啊，你在那家医院住过没？

几天？

五天？

原来如此，是需要住五天的病啊！

我也曾经住过那家医院，而且，住了二十天呢，那你去过那里的吸烟室吗？

啊，这样哦，你不抽烟的呀。

这样的话你也就不会知道那里的吸烟室了，就算说了你也不会理解啦。

不，我不是在耍你。主要是，你不抽烟的话，我就不能保证你听了这故事会不会感到有意思了嘛。

是吗？

你想听？

那，我就说了。

那家医院最近重建了，据说以前每栋楼的每一层都有吸烟室，但是，吸烟问题频出的现在，可就没这么好的事儿了。现在整个医院只在一楼候诊室旁边，前往中庭的途中有一间吸烟室。

虽然有两条长椅，但白天基本都是坐满的，还有好多人站着。房间很小，门也好，面朝中庭的窗也好，都不允许打开，虽然天花板的风扇能往外抽气，但整间房里还是烟雾腾腾，而且男男女女都聊个不停。反正我白天基本上是不会去那儿。

到了夜里，情况就不一样了。因为没了外来的患者，人就少了。尤其到了半夜，那里一个人都没有，我可以慢悠悠地独自享受。

领悟到这个事实后，我总习惯在凌晨三点左右醒来，偷偷跑出大病房乘电梯下楼，溜去吸烟室。我知道这对身体不好啦，可自己就是没办法老老实实待在病床上。然后……就这样过了十天左右。

那天，我照例在黎明时分跑去了吸烟室，并在心里期待着这种时间最好谁都不在。

可是，却有人在。那个老爷爷没穿上下两件式的病号睡衣，而是一身古风十足的老式睡袍，他佝偻着腰背坐在长椅上抽着烟。老爷爷个头很小，相比之下脸却很大。

圆脸，圆圆的小眼睛周围有一圈深色的晕。

很像狸猫。

我刚坐上另一条长椅，这位老爷爷把头转向我开了口："香烟，味道真好啊！"

"啊，是啊。"我回答。然而，老爷爷不再说话，而是把视线朝着天花板，吐出了一缕紫烟。

这时，门开来，一个细瘦的——不知该叫阿姨还是阿婆，总之年龄很模糊的女人走了进来。倒是穿着病号服，不过她的脸狭长，眼梢上扬眉细扁，鼻子则尖尖地伸出，那面相怎么都会让人联想到狐狸。

女人跟老爷爷打了个招呼，在他旁边坐下来。

“味道真好。”点上烟抽上一口，女人一边吐烟一边说。

这时老爷爷已经开始抽第二支了。不仅如此，门再次打开了，这回走进来的是一个长得很像狗的青年和一个有着猫脸的年轻女性。这四个人不停地吞云吐雾，烟变短了就扔掉，再把新的点上火，不时还会赞叹两句：“真好，香烟味道真好。”

“香烟。”狸猫老爷爷看着我。

我刚把第一支烟抽完，想着差不多该回病房去了。

“香烟。”狐狸女对我说。

狗青年把自己的烟盒伸到我面前。我摆摆手，拿出了自己的。猫女凑上来用打火机给我点上。我抽起来。

这第二支抽完，我正打算起身，这几个人又想让我继续抽。我拒绝了一次，两次，想要站起来，可他们挡在我面前，我都走不出吸烟室。这样的话，只有伺机逃跑了，我慢慢地抽着烟，不时等待着四人的破绽。

这时，门有打开的动静。四人一起看向那边，接着就嘶地一下消散了。进来的是个身材颀长的中年男人。他注视了一下几秒钟前刚消失的四个人和只剩满屋子烟雾的空间，很快嘎啦嘎啦地打开了面朝中庭的窗户。烟雾跑了出去，黎明之前那沁人心脾的冷空气流了进来。

“终于抓到他们了呢。”男人如是说，“那群家伙，不时会在这里现身抽个不停。只有一个人的时候，他们会一支接一支地让他跟自己一同抽。而人一多，他们就会消失。好像在接近黎明的时候经常会出现。不过我亲眼看到他们，这还是第一次。”

“也就是说，是化身怪物了？”我的喉咙终于能正常地发出声音了。

“没错。是为了抽烟而化为的怪物。”男人说。

“他们为什么要做这种事啊？”

“不是为了和他们一起抽烟吗？”

“为什么是狸猫啊狐狸啊狗啊猫的呢？”

“谁知道，毕竟是怪物嘛，怪物会干的事情我哪知道。”

“为什么会出现在这家医院的吸烟室里呢？”

“我也不知道啊，毕竟他们是怪物嘛。”男人点上一支烟，吐出烟时露出很美味的表情，“不过我觉得，抽烟的时候能有这样的伙伴也挺不错的啊！”

——就是这么个故事。

那之后直到出院，我又在黎明前去过那个吸烟室几次，可再也没有碰到过他们。若是见到了，我想悠闲地一边抽烟一边和他们聊聊……真是遗憾啊！

总之，那里的吸烟室就是这么个地方，抽烟也能碰上这样一群伙伴的哦。

真开心啊！你很羡慕吧？

一点也不羡慕？

真是个不懂梦想的家伙啊，跟你讲这故事，真是亏了呢。

（平成十四年四月二十七日）

之前我就写自己是杆老烟枪。近年来，周围人对吸烟者的评价是每况愈下。医院也正是我文中所写的状况，能抽烟的地方一再缩水。现在这间吸烟室应该已经没了，所以，我也是怀着你们爱咋地咋地的心态写地这篇文章。能写得这么畅快，说实话，我挺开心的。

不过，这篇文章只算写了一半。这是妻子最后一次住院之后，我在医院里写的。虽然她看似有所好转，但也不可否定，这次到底是走上最后那段路了。从我的心理来看，从某种意义上来说，这或许是个破罐子破摔的产物吧。

1767 结束前?

到底，还是不得不以手记的形式来书写。最近的我，总有点不正常。

电梯到了，门打开，我走进去。

按下了我想去的那个楼层的按钮，数字闪了一下却暗掉了。

门没关上，不管我按了几次那个按钮，都是一样。

其实，干这事儿时，我脑袋里正想着别的事情。到底怎么回事——我边想边盯着电梯的按钮。我是想从一楼去六楼的，但却一直都在按着一楼的按钮。

我突然有件事必须立刻给朋友打电话。尽管电话机没有预存拨号功能，不过我记得他的号码。啪啪几下按完了按键，正在通话中，过了会儿，我再打过去，还是正在通话中。

暂时去忙了会儿别的事情，回来继续打电话，还是正在通话中。此时我才意识到，原来，我拨出去的一直都是自家的电话号码。

这种状况似乎日趋恶化了。

有人说，这表现出了我极力想维持现状的心理，拒绝一切可能改变现状的事情。有这回事儿吗？有人说，这表现出了我极力想维持现状的心理，拒绝一切可能改变现状的事态。有这回事儿吗？有人说，这表现出了我极力想维持现状的心理，拒绝一切……

回过神时，就变成了这样。一句话写上了好多遍。

今天，我收到一张莫名其妙的明信片。

权且贴在此处：

> 你停留在这个时代的期间已经结束了。目前只剩下一点点时间，你存在于当前时代的生活即将终结。
>
> 结束后，从这个时代来看，你就等于回到了未来的某个原始世界，同时你会寻回所有的记忆。
>
> 返回操作将强制执行。

这到底什么意思，我是丝毫摸不着头绪。

手记写到这里就中断了，后面是一片空白。

作者如今现状不明。

（平成十四年五月十七日）

写这篇文章之前和之后的事情，我是一点也想不起来了。

那段时间，妻子无法凭借自己的能力拿着稿子看的次数越来越多，因此，我为她朗读的次数也越来越多，可事实是否真是如此，我的日记里也完全没有提及。

我原本是不想用“结束”之类的字眼，可还是出现了这样的标题。这里所谓的“结束”，或许是我隐约感受到的自己的末日吧。但是，从故事的行文来看，这个“结束”并非剧中人的末日，而只是为了回到另一个原本的世界，于是结束当前这个世界的生活罢了。

手记的人物应该已顺利地回到了自己原有的那个世界了吧。没错，没错，在写那个故事的我当时肯定也想说：接下来还有个世界在等着我呢。

我想，这篇虎头蛇尾的总结文章也算是重读作品时，当时的混乱情绪再次降临的产物吧。

1775

讲故事

写完今天的这个短篇文章，他放下手中的活动铅笔。

这里是病房，妻子正睡着。最近三天，她基本都在沉睡。

他刚写完一个短篇小说。

妻子生病之后没多久，他开始了这项工作。考虑到病人的情绪，他不会写太严肃或太灰暗的故事。写完之后，他会拿给妻子看。妻子或是发笑，或是给出几句点评。

这种状态一直持续到现在。然而最近这次住院，妻子的身体已极度衰弱，无法自己拿着稿子阅读了。他留心着她的病况，若是状态好些，他便会念出声给妻子听。

这宛如仪式般的举动，或许还是放弃比较好。然而，他总觉得中断坚持至今的行为会招致不祥的结果，便打消了那个念头。

最近三天……妻子的病况已不允许再听他讲故事，他仍旧会写，只是写完放在一边。

就这样，他写着妻子或许再也看不到的稿子，至少在这个瞬间他想努力挖掘脑中那些与妻子长年生活时累积的点滴回忆。并且，他一门心思琢磨着怎样的故事能让妻子感到有趣。

他专注于写作之中……

靠在椅背上，他感到有些迷迷糊糊。他意识到妻子已睁开了眼睛，看着他这边。同时他也感到妻子的视线正朝向稿子。

“念给你听听吧。”他说。

妻子似乎点了点头。

“从哪儿开始呢？”他又问。写完了却没给妻子念过的，算上今天已经有三篇了。

妻子的表情好像在说：从哪儿都可以。

他把椅子移到床边，刚才写出来的这篇感觉最好，于是他念了起来。

然而，这时他醒了。他在写好的稿子前打了个瞌睡。

妻子带着痛苦的表情，不过仍在沉睡。

是梦吗？他靠在椅背上。过了会儿，他发现妻子正看着这边。尽管她的状态并不像能听人念故事的样子，但她的目光还是投向了稿子。

“念给你听听吧。”他说。妻子似乎点了点头。

他把椅子移到床边，开始念起来。可是，他意识到那仍旧是梦境。因为，妻子还在沉睡。

他看了一眼墙上的时钟，一点半，是凌晨一点半。他放松了一下身体，不能让自己睡着，因为睡着的话，就会梦见自己给妻子讲故事吧。十遍百遍都会梦到吧。

可是，或许有一天会跳出梦境而成为现实，期待着它的到来便好。他把自己重重地埋入了椅背。

（平成十四年五月二十五日）

到了这个阶段，妻子已经没有意识了，即便在枕边为她念出写好的故事，也无法期待她会听见。翻开当时的日记，从前几天开始就净是“越来越恶化了”“绝望状态，黎明前做好准备”之类的字眼。

此刻我倒是想，反正也知道回天乏术，但朗读声会不会还能传进她耳朵呢？我如此祈祷着，并就此把这份心情化为了这篇故事。

说起来，作为作者，我自己也有种悬于半空的无依感，所以才会写得这么拖泥带水，不是吗？那些如今都已结束的日子，就好像放射出微光的大雾深处，哪些才是真实的记忆，是不是混进了幻觉呢，我自己都半信半疑。

收录于《献给妻子的 1778 个故事》

1776

睡眠不足的能力

从编队中掉队的这架单人宇宙战斗舰借着自动操纵装置向某个星球进发。这是场耗费了六十个小时的激烈宇宙战。敌方出人意料地使用了一种十分可怕的武器。

这是种复合电磁波，它能把生命体变成无法自控的怪物。被照到的人，或是变得恶心，或是变得可爱，并且还能拥有奇怪的能力。究竟会变身成什么样，究竟会拥有怎样的能力，这在发射之前都是没法预测的。

战斗舰的驾驶员已经累得筋疲力尽了。他不眠不休地战斗了六十个小时，早已严重睡眠不足的他依旧命令操纵装置进行自动驾驶，以备紧急迫降在未知星球。

驾驶员仍维持着人类的样子。但是，这并不能说明他没有受到敌方武器的影响。体型还没有变，这说明他拥有着强大的能力。

战斗舰接近那个星球了。严重睡眠不足的驾驶员，视野都扭曲了起来。

在他看来，这个星球是扁平的。驾驶员向星球施以了那无法自控的能力。星球像驾驶员所见一样变成了扁平的。顿时，星球表面天翻地覆，接连的大海啸和大地震毁灭了文明。

毫不知情的驾驶员想：扁平的星球可有点让人头疼啊，于是命令自动操纵装置往别的星球飞去。

他驶过二重太阳附近。睡眠不足的驾驶员把它们看成了四重。二重太阳变成了四重太阳，方方面面都受到了巨大影响。

驾驶员由于睡眠不足产生的幻觉就这么成了现实。曾几何时，这位驾驶员被人们冠上了“破坏者”的恶名。驾驶员至今仍然四处漂泊，受到敌人攻击的他，实际上早已变成了以人类样貌存在了几十万年的幽灵。

人人都很惧怕他，只要看到他的宇宙飞船，大家就不知道自己所在的星球会遭遇到何种劫难。

男人的脑海里，目前正盘踞着这么一个故事。他极度睡眠不足，即便在走路，似乎都会做梦。只要坐下来，不出一会儿就能睡着吧。

睡眠不足是很可怕的哦，说不定会拥有很了不得的能力呢。男人一边自言自语，一边摇摇晃晃跌跌撞撞地往前走去。

（平成十四年五月二十六日）

我只能说，这篇故事真是写得毫不负责。其实，我一直都睡眠不足，感觉走路也是踉踉跄跄的，总是讲些胡话，想必给医院以及周围的人添了不少麻烦。

从摇摇晃晃的人来看，活在自己脑中的东西就是现实，就是全世界——这个状态我好歹从其他意识层面也已经认知了。

如此一来便成了这个故事。因此，这个故事如果不放在这里，就没什么意义了吧。单独拿出来的话，就真的只是一个毫不负责的短篇。

1777 今早也要写

早晨，他从医院出来，去了附近的咖啡馆。

妻子虽已意识不清，不过这几个小时里状态没什么变化。若是有了危情，床边的女儿会用医院的公用电话给他打手机吧。

自从妻子生病以来，为了能让她保持好的心情，他坚持每天给她写一个短篇小说。出于上述的目的，他极力避免写些会令妻子心情灰暗或是皱眉头的故事。此外，他也答应妻子，尽量写些脱离现实的虚构的故事。

读过之后的妻子，或是哈哈地笑出声，或是微微浅笑，有时也会因为故事不佳而抱怨两句。怨言太大的话，他就想个别的点子重写一篇。

有时，没能编出好故事的话，就会违反约定而写成了随笔似的作品，妻子还会说："这不是随笔吗？"

基本上是在家写稿子，陪妻子去医院打吊针的时候，他也会在医院旁边的咖啡馆写。

撇开最初的阶段，对妻子而言，每天让她看故事，或许是种麻烦甚至是种负担。然而这事逐渐成了习惯，若是中断了总觉得会发生不好的状况，他便一直坚持到了现在。

经年累月，症状不断恶化的妻子最终住院了。尽管一时有好转的迹象，可之后又急转直下。即便如此，他每天仍在不停地写，妻子已经无法自行阅读，他就念出声来，妻子则迷迷糊糊地听着。

然而，妻子自从意识不清以来，就连听故事也做不到了。这两天，他只是写，连念给她听也不得不放弃。而且，从昨天到今天，妻子的生命即将走到终点这一事实也已明了。

正因如此，他依然带上便携文具，来到了这家咖啡馆。从自助区拿好土司和咖啡，把托盘放到桌上后，他开始凝神构思。

在这里写作的日子像放电影一样出现在脑际。那时，写完回到医院，多半是已经吊完点滴的妻子在等着他。不行，回忆这种东西又有什么用？快想故事。

虽然明白她已无法再听自己讲故事，可还是得写。他在想，点子却怎么都蹦不出来。越是想着早点回病房，脑海就越是一片空白。他在焦虑……

一个端着早间套餐从他眼前走过的年轻人，不小心滑了一跤摔倒在地。要说能写的，也只有这种素材。他把自己此时的心境，与这个插曲而引起的奇妙的混乱情绪作为题材写了下来。

回到病房时，妻子仍陷于沉睡，就和他离开时一样。听医生说，她已经基本感觉不到疼痛了，即所谓接近临界点的低空水平飞行状态。

“写完了？”女儿问。

他点点头。女儿对稿子的内容并无兴趣，只是尊重着母亲与父亲一直以来的惯例。

他回来后，这次该换女儿去吃饭了。他把稿子放在窗台上，在妻子床边坐了下来。妻子一如既往地持续着再也不会醒来的睡眠。

他很疲倦。当然，是由于看护而引起的睡眠不足。他靠在床沿，意识朦朦胧胧的。似乎感到有动静，他抬起头。一回头，稍稍打开的窗口漏进风来，吹散了稿子，零零落落地掉在床边。他弯腰去捡。

此刻，“这不是随笔吗？”毫无疑问是妻子的声音。那是她身体还很健康时，中气十足的声音。

他盯着床上的妻子。妻子只是在沉睡，可他分明听到了声音。

他回过神来。幻听吧？但是，幻听也无妨不是吗？对自己来说，那就是妻子的声音。那就是自己认为的，真正的声音。

“对不起，对不起，我错了。”他一边向床上的妻子道歉，一边再次弯下腰，捡着稿子。

（平成十四年五月二十七日）

这是妻子在世时写的最后一篇故事了。

其实，我是在医院附近的咖啡馆写完的。所写的前半部分内容也是事实。只是，在我眼前滑倒的年轻人是虚构出来的。不这么写的话，就无法说明他是在写随笔了。

写完后，我回到病房，为妻子朗读出来。靠在床沿犯迷糊也好，听到妻子说话也好，当然也都是虚构的。真是幻听的话，我会很高兴呢，还是很悲伤呢？

收录于《献给妻子的 1778 个故事》、刊登于《每日新闻》

1778 最终篇

终于来到最终篇了，一直以来你肯定感到很麻烦对吧。今天，就用现在你能读懂的方式来写。

（中间空三页）

感觉如何？

这么多年来，谢谢你。

有缘再一起过日子吧。

（平成十四年五月二十八日）

妻子的遗体还在楼下时，我写成了《最终篇》，说起来就像是在追寻妻子而去的念辞一般，我并不想花费过多笔墨在不必要的内容上。

算上写了字的部分共用了三张四百字的稿纸，我遵守了当初的约定。

收录于《献给妻子的1778个故事》、刊载于《读卖新闻》

解读

——双亲的1778天

村上知子

请想象这样一个场景：某个夜晚，母亲与我一起看电视、喝茶的时候，从二楼书房传来父亲下楼的声响。不久，饭厅的门嘎啦一声打开了。

“写完了？”母亲问道。父亲则沉默着把写好的稿子塞到她手里。

拿到稿子的母亲会放下手中的事，或是先告一段落，开始看起稿子来。此间，父亲一直默默地站在她旁边，观察着母亲看稿子时的表情和动作。

过了会儿，母亲会抬起头，说一句：“还不错啊。”

在母亲患病之前，父亲写出稿子后基本上就是这个情景。有时，他会一言不发地递出稿子，有时也会加上一句“不知写得如何啊……”看完后，母亲或是说“这故事太奇怪了吧”，或是仅仅点头。

偶尔，父亲也会跟我说“你读读看”来征求我的意见，不过那是有选择性的。让母亲过目这个行为则是完成稿子后必不可少的程序。

写到这里，大家可能会认为，母亲好像会对父亲所写的内容甚至故事都做了详细的审查吧，事实上不是如此。她只是会指出错字或漏字，重复内容或出错的名称，另外，“这个问题上女人不会这么想”之类,“这样的主人公不会这么花钱吧”之类,从“对照常识此处该如何”这个观点出发来表达自己的意见。

受到提示的父亲，有时会恍然大悟立刻返工重写，有时也会反驳道：“不，我这么写是出于这样的目的……”而母亲不单有提醒，也会感叹道“真是这样呀”，表示同感，随后两人就这个话题聊上一阵。

全都 OK 之后，父亲会再次回到书房，用马克笔在商务信封上写好收件人的联系方式，将稿子塞进去。然后用厨房那只称食材的秤称个重量，从母亲买来的纪念邮票里选出相应邮资的邮票贴在信封上。

假如是深夜，父亲会去附近的邮筒把信投掉。回来以后他会喝个小酒，这已经是惯例。假如第二天我休息，我也会（事先声明，是碳酸饮料）陪他喝两杯。

聊天的内容从过去的外国电影、熟人的八卦消息，到政治经济或是海外话题，各式各样。聊到兴起时，父亲还会在便条纸上画一幅漫画。其中有一部分由母亲收藏起来，现在应该还放在娘家的某个地方吧。

有时空啤酒罐将近十个的时候，门外会传来有车停下并随即“咔嚓”一下的响声。这是附近的报纸专卖店投递早报的声音。此刻窗外已开始泛白，鸟儿也开始啼叫，我们之中会有人说一句，“得赶紧睡啦”。

超过截稿日的时候，可就是另一番光景了。即便现在父亲都不用电子文档而坚持手写，过去家里连传真机也没有，甚至还曾求助于航空件。只要在傍晚前赶到梅田（大阪站）附近的运输公司，他们就能在当天夜里送到东京的出版社。

我很小的时候，总是很期待得到铁路旁的营业所里给出的那些“请勿倒置”“小心轻放”之类的贴纸。

稿子送出去之后，经常是去北区一带，或是看个电影或是吃个饭喝个酒。总的来说，父母在三四十岁的时候经常喝酒。认识很多熟悉的酒吧，不时还会带我去。

在这些店里，母亲总会在“WINE RIVER”这家小酒馆里唱《百万朵玫瑰》的卡拉OK，或是在“NEW SUNTORY 5”听爵士LIVE。现在再去那些店，经营者基本上都换了，还有些连店本身也不存在了。

父母之间有一个词叫“清空”。在写完稿子之后，父亲不把脑中清空就无法继续下一个工作，所以他就用出门散步或喝酒来转换心情。

如前面所说，既有一家子一起外出吃饭的时候，就父亲一个人出门的情况也很多。那时他们之间仿佛心意相通，默契地确定当天怎么来“清空”。

双亲都很喜欢外出，并且，也不反感分头行动。最近我常跟人说，如今总算觉得父母像是一条心的夫妇了，而在母亲身体还好时，他们经常各走各的。

对于每月一两次因公出差去东京的旅行，父亲总是很期待，去各地采风或放松，他也习惯一个人。那时他常会寄来明信片。旅行基本上是两三天，很多次都是回家之后才收到。

母亲则是外出修习书道和围棋，也常去观剧。她入了剧团之友俱乐部，我到了一定年纪后，就带我一起去。她带我去看的泷泽修氏的《火人》，仲代达矢氏的《俄狄浦斯王》都给我留下了美好的回忆。

母亲在那儿认识了很多人，也会和这些伙伴一起去旅行。不过，她没有那种常见的、无时无刻必定要一起行动的女性朋友。似乎她并不擅长始终与谁一起行动。

现在想想，对父亲而言，在心仪的咖啡馆里独品咖啡、独自吸烟的时间算是一种“清空”，同样，对生活中的母亲来说或许也是必不可少的。

母亲生病以后，这样的日常生活就发生了变化。听了医生的建议，父亲决定尽可能与母亲待在一起。控制不必要的外出，也不接受长时间受束缚的工作。

对于父亲决定每天写一个故事时那种心境上的变化，我知道得并不详细。我觉得，这是他尚未从心理打击中走出来，只希望能埋头于某件事才做出的决定吧。不过当时，父亲手头并没有需要忘却身边一切的连载大作，他也不是借酒或女人来逃避现实的人。

此外，就算想为母亲做点什么，他又不太会做菜，去附近买点特产回来也总有个限度。恐怕他会想，除了两人在家看看电视下下棋之外，自己究竟还能干点什么呢？虽然决定尽量增加二人在一起的时间，但他也期望能做点什么来排解这无可救药的闭塞感。

“我决定每天写一个短篇故事。”

接到父亲这通电话，是在母亲出院后大约两周，我回到东京的时候。说实话，当时我满脑子都是：你想干什么呀老爸！现在可能会有人说，“你肯定被父亲的决心感动了吧”或是“多恩爱的双亲啊”，但对当时往返于东京大阪两地、为父母料理家务杂事的我来说，真是没法这样去想。

不过，父亲那种必须没事找事的焦虑，与母亲那种期望支持他的心情，我都感受到了，于是没有特别反对。

现在想来，母亲一直都在声援着父亲。虽然自己身患疾病，她也不希望阻碍到父亲的写作生活，不希望父亲因此与外界断了接触，也可以说，母亲的愿望与父亲的念头恰好不谋而合了。

最开始的时候，两人反复进行着调整，最后就跟以往的稿子一样，固定为“父亲写完母亲读”这个模式了。母亲的身体也一直持续着“小康”状态，他们会告诉我现在进行到第几个故事，那数字多有里程碑的意义啊，而我也会送花表示祝贺。

可是这平稳的日子并非一直那么平稳。时刻担心症状恶化的这种挥之不去的紧张感，使得些许的龃龉都会令父亲的情绪发生波动。因为总是想不出好点子，或为了每天能写出一个故事而没法顺利分配时间等，父亲常常会焦躁不安，而母亲也因此变得非常神经质。明明是想引母亲发笑而写的故事，这样一来不是本末倒置了吗？我也常常为此对父亲发脾气。

不过即便如此，与母亲发病前相比，我家的氛围却也渐渐变得和谐而统一起来。换句话说，这就像我们常见的老夫老妻，他们之间少了人民内部矛盾引发的险恶，而重新找回了当年一致对外、同仇敌忾的感觉。

夫妇各有不同，就我家的这对儿来看，母亲，是父亲的谋士，是父亲的秘书，是父亲的共同经营者，是父亲的战友。并且，她比任何人都期望父亲能把作家这个职业进行到底。

“我，可不会停止写作。”

父亲的《夕阳下的旋转木马》一书中，写到一个往来于平行世界之间，无论在哪个现实中都不放弃成为小说家的人物，他就是这么说的。

毕竟，自己能为患病妻子做的，就只有这个了，父亲笨拙地坚持着一个“写书人”的工作。而母亲并非作为“唯一的读者”，而是帮父亲对外推出作品的“第一位读者”，一直陪伴在他身边，直到最后一刻。

如今母亲已作古八年。一时宛如游魂的父亲能恢复往日的劲头，继续伏案写作，毫无疑问正是得益于周围各方人士的亲切关怀，而那每天一个故事的岁月，不也是一个重要因素吗，至少我是这么认为的。

附：纯爱信笺

爱，就要说出来，不要让你爱的人等太久……

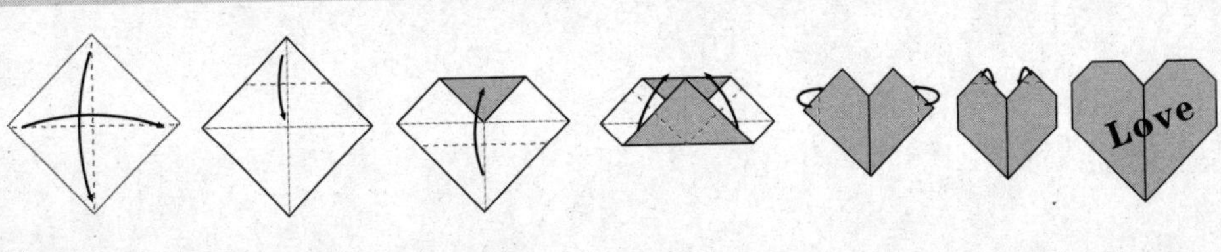